탑 레시피가 보여!

탑 레시피가 보여! 6

레오퍼드 장편소설

초판 1쇄 찍은 날 § 2017년 7월 26일
초판 1쇄 펴낸 날 § 2017년 8월 2일

지은이 § 레오퍼드
펴낸이 § 서경석

편집책임 § 신보라
편집 § 이창진

펴낸곳 § 도서출판 청어람
등록번호 § 제387-1999-000006호
등록일자 § 1999. 5. 31
어람번호 § 제1-2738호

주소 § 경기도 부천시 부일로 483번길 40 서경B/D 3F (우) 14640
전화 § 032-656-4452 팩스 § 032-656-4453
http://www.chungeoram.com
Email § chungeorambook@daum.net

ISBN 979-11-04-91407-2 04810
ISBN 979-11-04-91243-6 (세트)

답 레시피가 보여! 6

FUSION FANTASTIC STORY

레오퍼드 장편소설

도서출판 청어람

탐 레시피가
보여!

Contents

1. 새로운 시작을 준비하다!!

학수와 호검이 동시에 대영을 다그치자, 대영은 살짝 당황했지만 곧 사진을 다시 한 번 살펴보더니 대답했다.

"네, 맞아요, 안대기 기자. 저, 저번에 그 올푸드 요리쇼에 이용혁이랑 같이 왔었어요. 전 그때 이선우 요리하는 거 구경하다가 우연히 이용혁이 이선우한테 이 사람 소개해 주는 걸 봤거든요. 근데 이름이 특이해서 기억이 나요. 안대기라고 소개했던 게요……."

"안대기 기자란 말이지? 이 사람이."

학수가 다시 한 번 확인하듯 물었다.

"네, 맞을 거예요."

"와! 대박! 고마워요, 부주방장님! 정말 고마워요!"

호검은 좋아서 방방 뛰며 대영을 와락 끌어안았다.

"어? 어……."

호검이 너무 좋아하며 안기자 대영은 얼떨떨했다.

"호검아, 잠깐만 나와봐."

학수는 뭔가 비밀리에 할 말이 있는지 호검의 팔을 잡아끌었다.

"저, 금방 갔다 올게요!"

호검은 대영에게 이렇게 말하면서 학수의 손에 이끌려 주방 밖으로 나왔다. 학수는 호검을 데리고 사장실로 와서 인터넷으로 안대기 기자를 검색해 보았다. 그의 기사들을 보니 주로 정치 쪽 기사를 쓰는 기자 같았다.

그리고 쭉 보다 보니 조그마하게 얼굴이 나온 기사가 하나 있었다.

"어, 맞는 거 같은데? 캡처 사진의 그 사람, 안대기 기자 맞는 거 같아."

"네, 그런 것 같아요."

호검이 미간을 찌푸리며 인터넷 화면 속 안대기 기자의 사진을 노려보았다. 호검은 그 사람의 얼굴을 보면 자기가 정신병원에서 고생했던 생각이 나서 분노가 치밀어 올랐지만, 그래도 별 단서가 없어 답답했었던 마음은 조금 풀어지는 것 같았다.

"그래, 그럼 안대기에 대한 자세한 것들은 차차 더 알아보기로 하고, 그것보다……."

컴퓨터 화면을 보고 있던 학수는 호검에게 시선을 돌리더니 말을 이었다.

"호검아, 이 안대기라는 사람이 바로 이용혁한테 그 파리 사건을 부탁한 사람인데, 그렇다면 이용혁과 친한 다른 사람들을 의심할 필요가 없지 않아? 그러니까 정리하면, 이용혁은 이 안대기 기자한테 부탁을 받은 거고, 그럼 이용혁이 아니라 안대기와 친한 사람들을 캐봐야 하는 거잖아. 안 그래?"

학수는 안 그래도 김민기의 일식당에 호검이 변장을 하고 가는 것이 괜찮을지 걱정이 되던 차에 이런 단서가 발견되어 다행이란 생각이 들었다.

"아, 그것도 그렇네요. 그럼, 그 김민기 셰프님은 별로 의심할 필요가 없는 건가……? 그렇겠죠?"

"음, 이용혁과 친하다는 사실 때문에 의심했던 건데 이용혁이 꼬리인 것이 확실시되는 이상 그 녀석과 친분이 있다는 것만으로 의심하기는 좀 그렇지."

호검도 생각해 보니 직접적으로 이용혁에게 부탁한 사람을 찾게 되었으니, 이용혁이 아니라 그 부탁을 한 안대기를 주시

해야 하는 것이 맞는 것 같았다.

"네, 일단은 안대기 기자 쪽을 조사해 보는 게 순서겠네요."

"응, 내 생각도 그래. 일단 김민기 셰프의 일식당에 들어가는 건 보류하는 게 나을 것 같은데……. 사실 변장을 하고 거기 들어가는 게 나도 조금 걱정이 되긴 했어. 게다가 그 김민기 셰프가 잘 안 가르쳐 주는 사람이라면 괜히 무급으로 들어가서 시간 낭비만 하게 될 수도 있잖아."

호검의 학수의 말에 동의한다는 듯 고개를 끄덕였다.

"그런데…… 제가 일본 요리를 배우긴 해야 하는데, 그럼 어디 가서 배울 수 있을까요?"

"음, 그럼 내가 일본 요리를 개인적으로 배울 만한 데가 있는지 알아봐 줄게. 건너 건너 알아보다 보면 누군가 있긴 있겠지. 원래 세 다리만 건너면 다 아는 사람이라잖아."

"네, 감사합니다, 스승님. 그럼 일단 민석 아저씨께는 김민기 셰프님한테 부탁하는 거 보류해 달라고 할게요."

"응, 그래. 아, 내가 전화할까?"

"아니에요. 내일 쿠치나투라에 좀 가보려고 하거든요. 제가 직접 가서 말씀드릴게요."

호검은 마침 내일이 〈아린〉이 휴무인 수요일이라 오랜만에 쿠치나투라에 가보려던 참이었다.

"오, 그 수정인가? 그 아가씨 보러 가는 거야?"

"아, 뭐, 학원 가본 지도 오래됐고……. 수정이는 친구예요, 친구."

"그래, 누가 뭐래? 허허허."

학수는 능청스럽게 말했고, 호검은 살짝 얼굴이 붉어졌다.

그런데 그때, 굉장히 빠른 노크 소리가 들려왔다.

똑똑똑.

"사장님! 저 예슬이요!"

예슬은 자신이 누구인지 밝히는 동시에 사장실로 뛰어들어 왔다.

"어, 왜? 뭐가 그리 또 급해?"

"홍, 홍, 홍유진이요! 배우 홍유진이요!!"

"홍유진? 홍유진이 왜?"

"왔어요! 지금!"

예슬이 호들갑을 떨면서 말했고, 학수와 호검은 눈이 휘둥그레졌다.

"네? 홍유진이 왔다구요? 정말요?"

"진짜 왔어?"

"네! 제가 거짓말 하겠어요? 호검 씨가 만든 멘보샤를 먹고 싶대요! 이미 크림두반새우랑 요리도 여러 개 시켰고요."

"호검아, 얼른 가봐!"

"네? 제가요? 왜요?"

학수가 호검을 떠밀자, 호검이 당황해하며 물었다.

"왜긴 왜야? 멘보샤 만들어야지!"

"아아. 그렇죠! 네, 갈게요."

호검은 학수가 홍유진에게 가보라는 줄 잘못 알아듣고 당황했던 것이다. 호검은 후다닥 주방으로 뛰어 내려갔다. 호검이 주방에 들어가니 주방 직원들은 홍유진을 보려고 홀로 통하는 문에 다닥다닥 붙어서 바깥을 보고 있었다.

"와, 홍유진이야, 홍유진!"

"진짜 예쁘다! 여신이야, 여신!"

"최근에 내가 본 연예인 중에 젤 예쁜 거 같아!"

학수와 호검이 방송을 탄 뒤로 여러 연예인들이 〈아린〉을 찾았다. 꽤 유명한 배우들, 개그맨들, 가수들이 하루에 적어도 한두 명씩은 오곤 했다.

맨 처음 연예인들이 〈아린〉에 오기 시작할 때는 주방 직원들 모두 지금처럼 주방문에 붙어서 그들을 구경하려고 했었지만, 연예인들이 자주 오니 주방 직원들도 점점 연예인들에게 무뎌졌다. 하지만 이번엔 홍유진이 오니 다들 궁금한지 이렇게 구경을 하고 있었다.

'와, 홍유진이 인기가 많긴 많구나…….'

호검은 그들을 보며 홍유진의 인기를 실감했다. 그때, 예슬이 호검을 따라 들어오며 주방 직원들에게 카랑카랑한 목소리로 외쳤다.

"다들 지금 바빠 죽겠는데, 뭐 하세요? 주문 밀렸어요!"

예슬의 말에 주방 직원들은 헛기침을 하더니 얼른 각자의 자리로 돌아갔다.

"호검 씨, 멘보샤부터 만들어 주세요!"

"네!"

예슬은 호검에게 부탁하고 주방을 나갔다.

잠시 후, 호검은 멘보샤를 다 만들었고, 예슬이 주방으로 들어왔다.

"이거, 홍유진 테이블 거 맞죠?"

"네!"

예슬이 멘보샤가 담긴 접시를 집어 들고 홀로 나가려고 몸을 틀었다. 그런데 그때.

"잠깐만! 황 매니저!"

학수가 주방에 훽 들어오더니 예슬을 붙잡았다.

"네? 사장님, 왜 그러세요?"

"그거 호검이 보고 가지고 나가라고 해."

"네?"

예슬과 호검은 둘 다 놀라서 동시에 학수를 쳐다보았다.

"호검아, 얼른 옷매무새 다듬어. 빨리!"

호검은 일단 학수가 시키는 대로 복장을 점검하고 단정하게 했다.

"그럼, 전 다른 테이블 거 가지고 나갈게요. 다른 테이블 건 제가 가져가도 되죠?"

"어. 그럼. 당연하지."

학수는 예슬에게 얼른 나가보라고 손짓을 한 다음 호검의 귓가에 속삭였다.

"홍유진이랑 친하게 지내. 성공하려면 인맥이 중요해!"

"아……."

학수의 말도 일리가 있었다. 연예계에 있으니 기자들도 많이 알 것이고, 분명 도움이 될 만한 게 있을 것이다. 그런데 호검은 살짝 망설여졌다.

"그런데, 그럼 제가 홍유진을 이용하는 거 아닐까요?"

호검은 괜히 자신이 홍유진에게 필요에 의해 접근하는 것 같아서 마음에 걸렸다. 그러자 학수는 간단히 대답했다.

"너도 도움을 주면 되잖아! 그럼 서로 윈윈! 오케이?"

"아, 네!"

"자, 이제 나가봐."

호검은 심호흡을 한번 한 후 멘보샤 접시를 들고 홀로 나갔다. 홍유진이 앉은 테이블에 도착해서 그는 멘보샤를 테이블에 내려놓으며 말했다.

"멘보샤 나왔습니다. 안녕하세요, 홍유진 씨."

"와, 강 셰프님이 직접 가져다주셨네요? 감사해요! 너무 맛있겠네요!"

홍유진은 호검이 직접 멘보샤를 서빙해 주자 함박웃음을 지으며 굉장히 기뻐했다. 그리고 홍유진과 함께 온 매니저와 코디들도 호검에게 감사의 인사를 했다.

"감사합니다!"

"감사합니다, 강 셰프님. 여기 정말 요리들이 다 맛있네요!"

호검은 그들에게 가볍게 묵례를 했다.

'으, 그런데 무슨 말을 해야 하지, 이제?'

호검은 다음으로 무슨 말을 해야 할지 아무런 생각이 떠오르지 않았다.

"어, 그럼 맛있게 드세요! 전 이만……."

호검은 어쩔 줄 몰라 하다가 이 말을 던지고 돌아섰다. 그때, 홍유진이 호검을 불러 세웠다.

"저기, 강 셰프님!"

"네?"

호검이 얼른 뒤를 돌아보자, 유진이 활짝 웃으며 말했다.

"이따가 저희 나갈 때 같이 사진 찍어요!"

"아, 네. 영광입니다!"

"호호호. 그럼 이따가 또 봬요!"

호검은 빠른 걸음으로 주방으로 들어왔고, 학수가 물었다.

"무슨 얘기 했어?"

"별말 안 했어요. 이따가 사진 같이 찍재요."

"오, 좋아. 자주 얼굴을 마주쳐야 친해지는 거야. 잘했어."

학수는 호겸의 어깨를 툭툭 두드리고는 다시 주방을 나갔다. 유진의 바람대로 호겸은 유진과 사진을 함께 찍었다. 유진은 곧바로 자신의 SNS에 사진을 올리며 좋아했다.

"강 셰프님! 다음에 꼭 또 올게요!"

"네, 안녕히 가세요."

호겸은 뭔가 다른 말을 더 하려고 생각하다가 학수가 아까 유진에게 도움을 주라고 한 말이 떠올랐다. 그래서 대뜸 이렇게 말했다.

"도움이 필요하시면 언제든 연락 주세요!"

생뚱맞은 호겸의 말에 유진이 웃음을 터뜨리더니 자신의 휴대폰을 꺼내 내밀었다.

"호호호. 근데, 연락처를 알려주셔야 연락을 드리죠?"

"아, 제 연락처요?"

"네! 연락 달라면서요?"

호겸은 자신이 연락 달라고 해놓고 연락처를 안 줄 수 없었다. 결국 호겸은 자신의 폰 번호를 유진의 휴대폰에 찍어주었고, 유진은 만족스럽게 웃으며 떠났다.

예슬은 유진이 가자마자 호겸과 유진의 사진을 곧바로 출력했다. 그녀는 유진에게서 받은 사인과 함께 한쪽 벽에 그 사진을 걸며 말했다.

"호검 씨, 사진발 잘 받네! 호호."

"아하하. 그래요?"

"근데 여배우는 여배우야. 홍유진 피부 대박이다. 엄청 하얗고 말이야. 그치?"

"네. 저랑 같이 찍으니까 비교돼서 더 하얘 보이네요."

호검은 빙긋 웃으며 자신과 유진의 사진을 쳐다보았다. 하얀 피부의 유진을 보니 백설공주라는 별명을 가진 수정이가 생각났다.

'음, 수정이도 하얀데, 예쁘기도 하고. 배우 하면 잘하지 않을까?'

호검은 그런 생각을 하다가 다시 주방으로 들어갔다.

그날 일을 모두 마치고 호검은 녹초가 되어 집으로 돌아왔다. 호검은 굉장히 피곤했지만 생각이 많아서 잠이 오지 않았다.

'안대기… 안대기……. 그 사람 주변은 어떻게 캐지?'

호검은 아무 정보가 없는 상황이라 어디서부터 조사를 해야 할지 막막했다. 별다른 생각이 떠오르지 않자, 이번엔 일본 요리를 어디로 배우러 갈 것인지 생각해 보았다.

'일본에 가서 배워 올까? 지금 여긴 내 얼굴이 알려져서 식

당에 들어가서 일하는 건 좀 어려울 것 같은데.'

다른 나라에 가면 자신을 알아보는 사람이 없을 테니까 식당에 들어가서 배울 수도 있을 것이다. 그런데 호검이 일본어를 하나도 못한다는 것이 문제였다.

'아, 이거 답답하네.'

호검은 고민을 하다가 문득 요리사의 돌이 요리도 가르쳐 주면 얼마나 좋을까 하는 생각이 들었다.

'진짜 그런 능력은 없나?'

호검은 서랍에서 요리사의 돌을 꺼냈다. 그리고 돌을 살포시 쥐고는 일본 요리에 대해 생각을 하려는데, 갑자기 눈앞에 양피지 하나가 떡하니 나타났다.

*　　　*　　　*

"중국 요리 마스터? 아하!"

이태리 요리를 마스터했을 때처럼 양피지 안에 지금껏 자신이 했던 중국 요리 레시피들이 파노라마처럼 지나가기 시작했다. 레시피들은 글자로도 쓰여 있었지만, 자신이 직접 요리하는 영상 기억까지 함께 양피지 안에서 흘러가고 있었다. 곧 그의 머릿속에 있던 중국 요리 레시피들은 말끔하게 정리가 되었고, 양피지는 빛과 함께 사라졌다.

"와, 드디어 중국 요리도 마스터했구나! 좋아!"

호검은 이태리 요리에 이어 중국 요리도 마스터했다는 사실에 잠시 기뻐했다.

"음, 근데……. 내 머릿속의 레시피만 정리해 주고 이 돌은 내 레시피를 기억하고 있지 않은 건가?"

호검은 돌의 능력에 대해 되짚어봤다.

'요리를 마스터하게 되면 돌을 잡지 않아도 내가 먹어봤다거나 해본 요리들의 레시피가 떠오르게 된다……. 그렇다면 요리사의 돌이 내 뇌에 작용을 하는 거겠지? 그리고 원래 이 돌의 능력은 내 머릿속에 있는 레시피들을 조합해서 주제에 맞는 최고의 레시피를 만들어서 보여주는 거고. 근데, 아까 내 눈 앞에 나타났다가 사라진 양피지는…….'

그 양피지 안에 호검의 요리 지식들이 한데 모아져 있었다. 근데 그럼 그 양피지를 불러내 볼 수도 있어야 하는 것 아닌가? 호검은 이미 그 양피지에 저장된 레시피들을 모두 기억하고 있기 때문에 양피지를 불러오려고 해본 적은 없었다.

'물론 나는 거기에 있는 모든 레시피를 돌을 잡지 않아도 알고 있지만, 만약 내가 기억상실증에 걸린다면?'

호검은 살짝 엉뚱한 쪽으로 생각이 흘러갔다.

일단 호검은 자신이 마스터한 요리가 정리된 양피지를 불러내 보려고 했다.

'내가 마스터한 요리… 엇!'

호검이 이렇게 생각을 하자, 빛과 함께 눈앞에 양피지가 생겨났다.

'역시, 불러낼 수도 있는 거였어! 그럼, 나 이전에 이 요리사의 돌을 사용한 사람이 마스터한 요리도 이 돌에 저장되어 있지 않을까?'

호검은 어떤 생각을 해야 그걸 끄집어낼 수 있을까 고민했다.

'저장된 레시피? 이전 주인이 마스터한 요리? 일본 요리 레시피? 음…….'

저장된 레시피나, 이전 주인이 마스터한 요리라고 생각하자 아무것도 떠오르지도, 보이지도 않았다. 그나마 일본 요리 레시피라고 생각하니 초밥을 만드는 레시피 하나가 떠올랐다. 이건 호검이 중식에서도 회 뜨는 걸 배웠고, 유부초밥을 만들 줄 알기 때문에 거기서 조합된 것 같았다. 왜냐하면 이 이외에 일본 요리는 떠오르는 게 없었으니까.

"으아! 뭐 방법 없나? 야, 요리사의 돌이면 사실 요리도 좀 알려주고 그래야지, 안 그래? 이 돌아!"

호검이 이제는 요리사의 돌에다 대고 대화까지 시도하면서 투덜댔다. 그리고 돌을 다시 서랍에 집어넣고 침대에 벌러덩 누웠다. 그는 잠을 청하려는지 눈을 감았다.

그런데 갑자기 호검이 무언가가 생각난 듯 눈을 번쩍 떴다.

호검은 다시 서랍을 열어 요리사의 돌을 손에 쥐고는 생각했다.

'이태리 요리 마스터.'

그러자 그의 눈앞에 다시 이태리 요리 마스터라고 쓰인 양피지가 나타났다.

'그럼, 중국 요리 마스터.'

이번엔 중국 요리 마스터라고 쓰인 양피지가 나타났다. 호검은 이제 침을 꼴깍 삼키고는 생각했다. 제발 자신의 시도가 통하기를 바라면서 말이다.

'일본 요리 마스터!'

호검의 생각에 요리사의 돌은 즉각 반응했다. 그의 눈앞에 일본 요리 마스터라고 쓰인 양피지가 나타난 것이다.

"와! 역시!"

호검이 기뻐서 만세를 불렀다. 그런데 자세히 보니 '일본 요리 마스터' 글자 옆에 작은 글씨로 김완덕이라고 적혀 있었다.

호검은 이태리 요리 마스터 양피지와 중국 요리 마스터 양피지를 다시 쳐다보았다.

'아, 여기도 내 이름이 적혀 있네?'

그 작은 글씨는 마스터한 사람의 이름인 듯했다.

'그럼 이 돌을 가졌던 이전 주인의 이름이 김완덕이었나 보구나!'

이제 일본 요리 마스터 양피지를 불러냈으니 내용을 확인할 차례였다. 호검은 홀로그램처럼 눈앞에 떠 있는 일본 요리 마스터 양피지를 뚫어져라 쳐다보았다. 그러다 어느 순간, 정신을 잃었다.

호검이 눈을 떴을 땐 이미 해가 중천에 떠 있었다.

"11시 반? 으악! 지, 지각이다!"

호검은 자리에서 벌떡 일어났다. 그의 손에는 여전히 요리사의 돌이 꼭 쥐어져 있었다. 그는 생각할 겨를도 없이 일단 요리사의 돌을 서랍에 다시 집어넣고 욕실로 달려갔다. 그는 고양이 세수를 하고 엄청난 속도로 이를 닦기 시작했다. 그러다 문득, 오늘이 수요일이라는 사실이 생각났다.

'아, 오늘 수요일이잖아! 휴우. 다행이다…….'

호검은 그제야 이 닦는 속도를 늦췄다. 그런데 갑자기 머리가 아파왔다.

"으으."

호검은 이 닦기를 대충 마무리하고 다시 방으로 들어왔다. 그러고는 아픈 머리를 부여잡고 침대에 누웠다. 두통 때문에 침대에 대(大)자로 누워 눈을 감고 있던 호검은 한 10분 정도 누워 있으니 아픈 것이 조금 가셨다. 그리고 두통이 좀 잦아들자 눈은 감은 채 어젯밤 일이 떠올랐다.

'어제 내가 일본 요리 마스터 내용을 보려고 하다가… 너무

피곤해서 그냥 잠이 들었나?'

호검은 어젯밤 잠들기 직전의 일을 생각해 내려고 기억을 더듬어보고 있는데, 갑자기 눈앞에 일본 요리 마스터 양피지가 나타났다.

"어? 뭐지?"

호검이 눈을 번쩍 뜨며 일어나 앉았다. 그런데 호검이 눈을 감으나 뜨나 눈앞에 일본 요리 마스터 양피지가 둥둥 떠 있었다. 눈을 비비고 다시 보아도 분명 그 양피지다. 호검은 놀라서 자신의 양손을 펼쳐 보았다. 돌을 쥐고 있지 않다. 그렇다면!

'내 머릿속에 저장이 된 거야!'

호검은 돌의 전 주인인 김완덕이 완성한 일본 요리 레시피들을 얻은 것이다. 그런데 어떻게 내용을 볼 수 있는지 알 수가 없었다.

〈일본 요리 마스터 — 김완덕〉이라고 쓰인 글자만 보일 뿐 그 내용을 볼 순 없었던 것이다.

'뭘 생각해야 내용을 볼 수 있지?'

호검은 이런저런 생각을 하다가 구체적인 일본 요리 이름을 한번 떠올려 보았다.

'초밥?'

양피지에는 변화가 없었다.

'음, 더 구체적으로? 연어초밥?'

여전히 양피지는 반응이 없었다.

'뭐지? 뭐라고 해야 하지? 다른 거 뭐가 있지?'

호검은 일본 요리나 일본어를 아는 것이 거의 없었다. 호검이 머리를 쥐어짜다가 번뜩 한 가지 생각이 떠올랐다.

'스시?'

그 순간! 양피지 안에는 스시(sushi)라는 글자가 선명하게 떠올랐다. 그리고 그 밑에는 간단한 설명이 적혀 있었다.

[스시(sushi)]

일본의 대표적인 음식. 밥에 식초로 간을 한 다음 얇게 저민 생선이나 달걀, 채소, 김 등을 얹거나 말아서 만든 음식.

"와! 대박! 일본 요리 이름을 대면 설명이 나오는구나!"

드디어 발견했다. 이 양피지 활용법을!

사전을 검색하는 것처럼 호검이 구체적인 요리 이름 등을 떠올려야 양피지를 통해 찾아낼 수 있는 것이었다.

그 아래 추가적인 설명으로 스시의 종류가 나와 있었다.

"노리마키, 니기리즈시, 이나리즈시. 노리마키는 식초로 조미한 쌀밥을 김으로 싼 거고, 식초를 넣은 뭉친 밥에 생선이나 해물을 얹은 것이 니기리즈시, 조미한 유부 안에 조미한 밥을 뭉처 넣은 것이 이나리즈시! 아하!"

호검은 신이 나서 보이는 것을 입 밖으로 소리 내어 읽었다. 물론 호검은 양피지에 나온 설명을 읽어서 알게 된다기보다 자신의 머릿속에 숨겨져 있던 지식이 기억난다는 느낌이었다.

그리고 이어 여러 가지 스시의 이름들이 아래 주욱 나열되어 있었다.

"마구로? 타코? 우나기?"

호검은 이름만 봐서는 무엇인지 알 수 없었다. 하지만 그 이름들을 떠올리면 만드는 모습이 레시피와 함께 눈앞에 보였다.

'와, 이 손은 그럼 그 김완덕이란 전 주인의 손인가?'

양피지 안에는 영상도 함께 보였는데 자신이 스시를 만드는 손을 바라보는 김완덕의 시선 같았다.

'아! 타코는 문어구나! 우나기는 장어고!'

호검이 타코스시를 생각하자 문어를 살짝 쪄내고 얇게 저미는 모습이 나왔고, 우나기스시를 생각하자 장어를 다듬고 양념하는 모습이 보였다. 그래서 호검은 그 말들이 무엇을 의미하는 것인지 알 수 있었던 것이다.

영상도 보이고 레시피도 동시에 글자로 보이니 이건 그냥 보고 따라 하면 금방 일본 요리를 익힐 수 있을 것 같았다.

"이건 정말 대박이다! 대박!"

그런데 설명은 전체적으로 한국말로 되어 있지만, 단어들이 일본어로 되어 있어서 잘 모르겠는 부분도 있었다.

"와사비, 샤리? 테즈? 와사비는 알겠는데, 샤리랑 테즈는 뭘 말하는 거지? 아!"

단어들이 뭘 말하는지 생각해 보려는데 자신의 기억 속에서 곧바로 답이 튀어나왔다.

샤리는 초밥에 사용되는 밥을 말하는 것이었고, 테즈는 초밥을 뭉칠 때 붙지 않도록 손에 묻히는 식초 물을 말하는 것이었다.

호검은 이어 스시의 여러 가지 종류를 대충 둘러보았다. 스시만 해도 종류과 꽤 많았다. 호검은 스시를 둘러보다가 두통이 다시 오려고 했다.

"으으, 너무 집중해서 생각했더니 과부하 걸렸나 봐."

그는 일단 좀 생각을 멈추고 쉬기로 했다. 이 일본 요리 마스터 양피지는 호검의 머릿속에 있는 것이라서 어디로 사라지는 것이 아니니까.

이제 호검은 일본 요리에 대한 걱정이 없어졌다. 그는 마침 돌의 이전 주인이 일본 요리를 해서 참 잘된 일이라고 생각했다.

'그래도, 나 너무 일본어를 모르는 거 같아. 일본 요리 책 좀 사서 요리 용어라도 좀 알아둬야지. 검색할 때 일본 요리의 명칭도 알아야 검색할 테니까.'

이제 더 이상 일본 요리를 김민기에게 배우러 가지 않아도 되었다.

"민석 아저씨한테 부탁 안 하셔도 된다고……. 아! 나 오늘 쿠치나투라 가야 하는데!"

호검은 오늘 쿠치나투라에 수정을 보러 가기로 되어 있었다. 수정에게는 오후쯤 간다고 해놓았는데, 깜빡 잊고 있었던 것이다.

시계를 보니 1시 반이었다. 그는 얼른 자리를 박차고 일어나 후다닥 준비를 하기 시작했다.

얼마 후, 호검은 쿠치나투라 요리 학원에 도착했다. 그는 먼저 사무실로 올라가서 민석에게 인사했다.

"안녕하세요, 아저씨!"

"어? 호검아! 왔구나. 수정이가 오늘 하루 종일 너 오기만 기다리는 것 같던데."

"아, 그래요? 하하. 제가 좀 늦었죠?"

"얼른 내려가 봐. 파스타 실습실에 있어. 근데, 오늘 기분 되게 좋아 보이네?"

호검은 오늘 기분이 무척 좋은 상태였다. 한참 동안 별 단서를 찾지 못했는데 어제 이용혁에게 파리 사건을 부탁했던 안대기라는 사람을 알게 됐고, 게다가 오늘은 일본 요리도 배울 데를 찾았으니까 말이다.

"네! 오늘 왠지 기분이 좋네요. 하하하."

호검은 안대기를 찾아냈으니 그 배후 인물을 찾는 것도 시간문제, 또 일본 요리도 자신이 그 마스터 양피지에서 찾아 익히면 되니까 그것도 시간문제였다.

"아참, 아저씨, 김민기 셰프님한테 소개 안 해주셔도 돼요."

"그래? 어디 다른 데 배울 데 찾았어?"

"네!"

"그래서 기분이 좋았구나? 근데, 네가 배울 셰프가 누군데?"

"네? 어……."

호검은 당황했다. 요리사의 돌에 대해 말할 수도 없고, 자신이 가르침을 받을 셰프의 이름을 모른다는 것은 더 말도 안 됐다.

"누군데? 내가 아는 사람이면 내가 말 좀 잘해줄 수도 있고……. 천 셰프가 소개해 준 거야?"

"아, 아니요. 음, 김… 완덕 셰프님이라고……."

호검은 그냥 일본 요리 마스터 양피지에 쓰여 있던 이름을 말했다. 뭐, 옛날 사람일 테니까 아무도 모를 것이다.

"김완덕? 김완덕이라……."

민석이 이상한 눈빛으로 호검을 쳐다보더니 고개를 갸웃거렸다.

"왜요? 아, 아시는 분이세요?"

절대 그럴 리가 없는데 민석의 반응이 뭔가 이상하자 호검이 당황하며 되물었다.

*　　*　　*

"아니, 난 처음 듣는 이름이라서……. 그 사람 실력은 확실히 좋은 거야?"

"네? 아마도… 요. 하하……."

호검이 난감해하며 대답했다. 호검은 아직 확인을 안 해봐서 확실하진 않지만, 돌의 전 주인이었으니까 실력은 당연히 좋을 거라 생각했다.

"그래, 뭐 네가 알아서 잘했겠지. 혹시라도 내가 도와줄 일 있으면 언제라도 말해. 알겠지?"

"네, 감사합니다."

"그래, 그럼 내려가 봐. 수정이 기다리겠다!"

호검은 민석에게 꾸벅 인사를 하고 아래층으로 내려갔다. 슬쩍 문을 열고 들어가자 수정이 파스타 실습실 안에서 서성이고 있었다.

"어? 강 셰프님! 안녕하세요!"

윤송이가 재료 준비를 하다 말고 벌떡 일어나 호검에게 먼저 인사를 했다. 그녀는 방송에서 호검을 봐서 그런지 강 강사님이 아니라 강 셰프님이라고 불렀다.

"안녕하세요."

"방송 잘 봤어요! 우승하신 거도 축하드려요! 이태리 요리만 잘하시는 줄 알았더니, 중식까지 접수하시고, 대단하세요!"

송이는 마치 스타 셰프를 눈앞에서 본 듯 초롱초롱한 눈망울로 호검을 우러러보며 말했다. 수정도 송이의 말에 고개를 돌려 호검을 쳐다보고는 반가운 표정으로 호검에게로 달려갔다.

"호검아!"

"오랜만이지……?"

"엄청 오랜만이지."

수정이 살짝 뾰로통한 척하며 말했다.

"미안. 내가 너무 바빠서… 근데, 안 본 사이 더 예뻐졌다?"

호검은 미안한 듯 수정의 눈치를 스윽 보더니 능청스럽게 말했다.

"에이, 무슨."

호검의 말에 수정은 부끄러운 듯 손사래를 쳤지만, 입가엔 미소가 번졌다.

"진짜야. 더 예뻐졌어. 하하하."

"알았어. 고마워. 호호."

호검의 말은 진심이었다. 수정이 오늘 호검이 온다고 꽤나 신경을 쓰고 단장을 해서 그런 건지, 아니면 호검이 오랜만에 수정을 봐서 그런 건지 모르겠지만 아무튼 호검의 눈엔 수정이 더 예뻐 보였다.

"송이 씨, 나 그럼 먼저 가볼게요."

"네, 언니. 즐거운 시간 보내세요! 강 셰프님도요!"

윤송이는 활짝 웃으며 호검과 수정에게 인사를 했다.

호검과 수정은 근처에서 점심을 먹고 카페로 이동했다.

"케이크 먹을래?"

"음, 그래! 난 딸기생크림케이크 먹을래. 그리고, 아메리카노."

"오케이."

둘은 커피와 케이크를 먹으면서 대화를 나눴다.

"다음엔 내가 중국 요리 해줄게. 요즘은 내가 좀 정신이 없어서……."

"응, 좋아. 〈아린〉에 손님 많지?"

수정이 아메리카노를 홀짝거리며 물었다.

"응. 정신없어. 요즘 스승님이 바쁘셔서 내가 주방을 거의 맡고 있거든."

"아, 그렇구나. 너 정말 대단한 것 같아. 이태리 요리도 그렇게 잘하더니 중국 요리도 엄청 잘하고 말이야."

"그야, 둘 다 스승님을 잘 만나서 그렇지."

호검이 겸손하게 답하자 수정은 빙긋 웃더니 또 물었다.

"근데 너 방송은 또 안 나와? 그거 끝나고 섭외 전화 막 오지 않았어?"

"음, 좀 오긴 했는데, 일이 바쁘니까, 방송 스케줄 잡기가 좀 그래."

"아……. 그래도 이때 막 나가줘야 얼굴도 알리고 좋을 텐데. 누가 알아? 너도 이선우처럼 스타 셰프가 될지? 아니, 이미 됐나?"

"에이. 이선우는 완전 스타 셰프잖아. 나야 이제 겨우 프로그램 하나 나갔는데."

"그래도 팬 많이 생기지 않았어?"

"음, 뭐 다들 〈아린〉에 와서 나랑 스승님 팬이라고 하시긴 하는데, 뭐 인사치레겠지."

호검은 대수롭지 않다는 듯 말했다.

"방송 한두 개만 더 나가면 금방 이선우처럼 될 것 같은데……. 아, 지금은 시간 없어도 고정으로 출연해야 하는 거 말고 단발성으로 하는 프로그램은 꾸준히 나가. 그래야 네 이름도 안 잊히니까."

"그건 그렇겠다."

호검은 수정의 조언에 공감하며 고개를 끄덕였다. 한번 방송에 얼굴을 드러낸 이상 꾸준히 얼굴을 비추면서 인기를 유지해 두어야 그를 노리고 있을 어떤 적으로부터 스스로를 보호할 수 있을 것이다.

호검이 이번에 직접 느껴보니 인기라는 것은 보호막이 되어 주었다. 이용혁의 흠집 내기 기사에도 사람들은 호검의 편이었고, 그건 다 인기 덕분이었다.

"진짜 생각 좀 해봐야겠다, 프로그램 출연하는 거."

"응."

"참, 우리 이태리 요리 대회 부상으로 1년 내에 이태리 여행 갔다 와야 하는 거 있잖아, 그거 시간 좀 맞춰봐야 할 텐데……."

"난 원장님이 아무 때나 가기 전에 미리 말만 하면 빼주신댔어. 근데, 네가 바빠서 시간을 못 내서 그렇지."

"미안. 음, 한두 달 내로 시간 낼 수 있을 거야. 조만간 스케줄 봐서 연락 줄게."

호검은 원래 일식을 배우러 가기 직전 텀에 수정과 이태리 여행을 다녀오려고 생각했었다. 물론 일식은 요리사의 돌에게 배울 것이라 따로 배우러 가지 않아도 된다. 하지만 그래도 일식을 공부하기 전에 이태리에 가서 미슐랭 별을 받은 음식점들도 다녀보고 견문을 넓히는 것이 좋을 것 같았다. 언제 또 시간이 날지도 모르고 말이다.

"정말? 와, 신난다!"

수정이 활짝 웃으며 좋아했다.

사실 수정은 호검이 바빠져서 이 여행을 못 가게 되면 어쩌나 걱정을 했었는데, 호검이 조만간 가자고 하니 너무 기뻤다.

또한 단둘이 여행을 가면 더 친해질 수도 있을 테니 수정은 기대가 되었다.

호검은 촬영하면서 있었던 이야기들을 해주었고, 수정은 앞으로 자신이 할 일에 대해 이야기했다.

"어디 이태리 레스토랑에서 서빙을 해보겠다고? 요리사가 아니라 서빙을?"

수정의 얘기를 듣던 호검이 놀라서 물었다.

"응. 잠깐 해보려고. 너무 오래는 말고."

"아……. 근데 왜?"

"나중에 나도 이태리 레스토랑 하고 싶은데, 서빙 쪽도 경험해 보는 게 좋을 것 같아서."

"하긴, 잠깐 경험해 보는 건 괜찮지. 근데 부모님은 반대하지 않으셔?"

"좀 반대하시긴 하는데, 뭐, 내가 하겠다고 하면 못 이기실 거야, 호호. 근데 아직은 아냐. 좀 더 있다가, 한 내년쯤 해보려고."

"이태리 레스토랑 하는 게 네 꿈이야?"

호검이 대뜸 물었다.

"음, 아니. 뭐 꿈이라기보다 그냥 도전해 보고 싶다 뭐 그런 거야. 사실 어릴 적부터 내 꿈은……."

"꿈은?"

"음, 꿈이랄 것도 없지만, 그냥 결혼해서 행복하게 사는 거? 그거야. 혼자가 아닌 같이할 사람이 있는 거. 고아원에 있으면서 생긴 꿈이었어. 지금이야 부모님을 찾았지만, 그래도……."

수정의 말에 호검은 마음이 아팠다. 혼자가 아닌 같이할 사람이 있었으면 좋겠다는 그 말이 가슴에 와 닿았다. 고아원에 있어본 호검도 그 마음이 충분히 이해가 갔던 것이다.

'나도 요리사 말고는 좋은 아버지가 꿈이었지.'

호검은 잠시 아무 말 없이 수정을 측은하게 바라보다가 입을 열었다.

"둘 다 하면 되지! 레스토랑도 하고 결혼도 하면 되잖아! 너처럼 예쁘고 착한 애를 안 좋아하는 남자가 어딨겠어?"

"응?"

수정이 호검의 말에 눈을 동그랗게 뜨고 그를 쳐다보았다. 호검은 당황해서 횡설수설하며 설명을 덧붙이기 시작했다.

"음, 그러니까 내 말은, 웬만한 남자들은 다 널 좋아한다는… 아, 맞다! 고아원에서도 남자애들이 거의 다 널 좋아했잖아."

"그래?"

수정은 모르는 일이라는 듯 되물었다.

"아, 몰랐어? 거의 다 너 좋아했어."

호검이 진땀을 흘리며 말했다. 그러고는 수정의 시선을 피해 딴 곳을 쳐다보며 아메리카노 벌컥벌컥 마셨다. 수정은 얼굴이 살짝 붉어진 호검을 야릇하게 쳐다보며 물었다.

"그럼 넌?"

"으응? 나? 나 말이야?"

호검은 당황해서 어쩔 줄 몰라 했다. 하지만 수정은 손가락으로 호검을 가리키며 다시 말했다.

"응. 너."

"그야 뭐, 나도 그땐 좋아했었지."

"아, 그땐……."

수정은 호검의 말에 뭔가 씁쓸한 표정을 지었다. 그녀는 호검의 말이 지금은 좋아하지 않는다는 뜻 같았던 것이다. 그래서 차마 지금은 어떠냐고 물어볼 수 없었다. 호검은 혹시라도 수정이 지금은 어떻냐고 물을까 봐 얼른 다른 이야기를 꺼냈다.

"요즘 학원은 잘된다며? 민석 아저씨가 그러시던데."

"응. 젊은 남자들 많이 와. 요섹남, 요섹남 이러면서 남자들이 아주머니들보다 더 열심히 해."

"우리 또래 남자들?"

"응. 그렇지. 20대 남자들이니까."

"으으……. 그렇구나."

호검은 아직 수정을 좋아하고 있었다. 하지만 그의 여건이 누구를 사귈 만한 상황이 아니라서 그는 차마 수정에게 말하지 못하고 있었던 것이다. 그런데 학원에 20대 남자들이 많이 온다니까 뭔가 마음이 불안했다. 수정이가 예쁘니까 분명 그녀에게 들이대는 남자들이 있을 텐데 말이다.

"혹시 막 너 귀찮게 하는 남자는 없어?"

"귀찮게? 뭐, 다들 잘해줘."

수정은 퉁명스럽게 대답했다. 남자들이 다들 잘해주지만 수정은 별 관심이 없었다. 하지만 호검은 다들 잘해준다는 말에 조금 우울해졌다.

'그럼 그렇지. 남자들이 수정이에게 관심이 없을 리가 없지. 젠장!'

하지만 지금 호검에게 연애는 사치였다.

'지금은 수정이와 그냥 친구로 남는 게 나아. 잘해줄 수 없으니까.'

호검이 씁쓸한 표정으로 수정을 바라보았다. 수정은 아메리카노를 쪽쪽 빨아 순식간에 다 마시더니 말했다.

"우리 이만 일어날까?"

"어? 어. 그러자."

아직 해도 지지 않았는데 둘은 카페에서 나와 각자의 집으로 향했다.

*　　*　　*

다음 날 〈아린〉의 브레이크 타임.

호검이 주방 직원들과 밥을 먹은 다음 학수에게 가려고 주방을 나서는데 휴대폰 벨이 울렸다. 호검은 누군지 확인하더니 고개를 갸웃거리며 전화를 받았다.

"안녕하세요, 김 피디님!"

—안녕하세요, 강 셰프님! 오랜만… 은 아닌가? 하하하. 잘 지내고 있죠?

김 피디가 넉살 좋게 웃으며 안부를 물었다.

"그럼요. 덕분에요."

—〈아린〉은 여전히 잘되고요?

"네! 엄청 바빠요. 음, 김 피디님은 요즘 뭐 하세요? 이제 다른 프로 준비하시는 거예요?"

—아, 사실 그것 때문에 전화했어요. 하하하. 이번에 새로 프로그램 준비하는 거 있는데, 역시 요리 프로그램이거든요.

"아, 요리 프로요……?"

—강 셰프님 바쁘신 거 아는데, 그래도 한번 전화드려 봤어요. 음, 이번엔 요리 대결이 아니라 요리를 가르쳐 주는 프로그램이거든요.

"음, 그럼 한 번만 출연하면 되는 건가요?"

호검은 수정의 조언대로 대중에게 잊히지 않으려면 방송에 간간이 나가는 것이 좋다고 생각했기에 단발성 출연이라면 관심이 있었다.

—네! 아주 인기가 좋으면 또 섭외를 할 수도 있긴 한데, 일단은 한 번이에요.

"음, 녹화는 언제예요?"

호검이 묻자, 김 피디는 굉장히 좋은지 하이톤의 목소리로 물었다.

—나와주실 거예요? 정말요?

"시간이 맞으면요. 일단 말씀해 주세요."

—아휴, 녹화 시간은 조율할 수 있으니까요, 강 셰프님이 괜찮으신 시간 말씀해 주세요!

"아, 그럴까요?"

호검은 〈아린〉이 쉬는 날인 수요일은 괜찮다고 했고, 김 피디는 조만간 언제 수요일에 녹화를 진행할지 정해서 연락을 다시 주겠다고 했다. 그리고 호검은 곧바로 학수에게 갔다.

"스승님! 병원에서는 뭐래요? 좀 나아졌대요?"

"응, 많이 좋아졌대. 한 1주만 더 쉬면 될 거야."

호검은 학수에게 김 피디가 새로 하는 프로그램에 단발로 출연하기로 했다고 전했다.

"단발성이면 뭐, 괜찮지. 아참, 내가 일식 셰프들 알아봤는데……."

"참! 저 일본 요리 가르쳐 주실 셰프님 찾았어요. 음, 제 친구가 소개를 해줬거든요."

"오, 그래? 잘됐네. 안 그래도 널 가르쳐 줄 일식 셰프가 없어서 고민이었는데, 정말 잘됐다. 근데 그럼 어디 일식집 주방으로 배우러 가는 거야?"

학수의 물음에 호검이 열심히 머리를 굴려서 대답했다.

"음, 아뇨. 따로 가르쳐 주시기로 했어요. 마침 쉬, 쉬고 계신대요."

"오, 그래, 그런 게 더 좋지. 더 빨리 배우고. 근데 수강료는 그럼?"

"그, 그건, 제가 가진 돈으로 얼추 될 것 같아요."

호검은 대충 둘러댔고, 학수는 수제자 선발을 한 다음에 바로 일식을 배우러 가라고 했다.

"9월까진 여기 있을게요. 그리고 10월엔……."

호검이 10월에 이태리 여행을 간다고 말을 하려는데, 그의 휴대폰이 또 울렸다.

'누구지? 모르는 번혼데?'

호검이 고개를 갸웃거리고 있자, 학수가 말했다.

"일단 받아봐. 또 섭외 전화나 뭐 그런 거겠지."

학수의 말에 호검이 전화를 받았다.

"여보세요?"

—안녕하세요!

한 여자가 앳된 목소리로 대뜸 인사를 했다.

"아, 네. 안녕하세요. 근데… 누구신지?"

—제 목소리, 모르시겠어요?

2. 배우고, 가르치다

"어디서 많이 듣던 목소리긴 한데……."

—호호호. 저예요, 홍유진!

"네에? 홍유진 씨……!!"

호검이 깜짝 놀라 소리를 질렀다. 옆에 있던 학수는 소리 없이 웃으며 파이팅 포즈를 취했다.

—뭘 그렇게 놀라세요? 호호. 저한테 연락하라고 연락처 주신 거 아니에요? 저번에 저도 연락하시라고 연락처 드린 거였는데…….

유진은 살짝 서운하다는 듯 말끝을 흐렸다.

"아… 죄송해요. 제가 정신이 없어서 연락을 못 드렸네요."

호검이 미안하다고 사과하자, 유진은 금세 발랄하게 웃으며 말했다.

—호호호, 알아요. 요즘 엄청 바쁘신 거. 저도 〈아린〉에 가봐서 알죠.

"이해해 주셔서 감사해요. 아, 사진 찍어주신 건 저희 매장에서 가장 잘 보이는 곳에 걸어뒀습니다!"

—아, 그래요? 감사합니다. 호호.

유진은 뭐가 그리 좋은지 계속 호호거리며 웃었다.

—아, 제가 전화드린 건, 도움이 필요하면 연락하라고 하셔서……. 마침 딱 강 셰프님의 도움이 필요한 일이 생겼거든요!

"네, 무슨 도움이 필요하신지……."

—이태리 요리도 잘하시죠?

"네? 뭐, 네. 조금요."

—조금이라니요! 이태리 대사관에서 주최한 요리 대회에서 우승하셨다면서요! 인터뷰에서 봤어요.

호검은 〈대결! 요리천하〉를 약 3개월간 녹화하는 사이에 이런저런 인터뷰들을 했었는데, 유진이 거기서 본 모양이었다.

"아, 뭐. 운이 좋았죠."

호검은 멋쩍게 웃으며 대답했다.

—에이, 겸손하시네요. 호호호. 아무튼, 저 이번에 요리 드

라마 들어가는 거 아시죠? 〈푸드레시피〉라고요.

"네, 기사 봤어요."

—제가 거기서 이태리요리사로 나오거든요. 그래서 이태리요리를 좀 배워야 하는데, 저 좀 가르쳐 주실 수 있을까요?

"아, 근데 아시다시피 제가 지금은 일 때문에 좀 바빠서……"

호검은 현재 〈아린〉 일만 해도 너무 바빠서 따로 시간을 낼 수가 없었다.

그런데 옆에 있던 학수가 막 손짓을 하며 입모양으로 말했다.

"곧 내가 주방 맡을 거잖아. 내가 시간 빼줄게. 홍유진 부탁인데! 무조건 한다고 해야지!"

호검은 학수의 제스처에 당황해서 머뭇거렸다.

"네? 어……"

"해준다고 하라니까!"

학수가 다급하게 손가락으로 오케이 사인을 보내며 입모양으로 다시 말했다.

—여보세요? 강 셰프님?

호검이 머뭇거리고 있자, 유진이 호검을 불렀다.

"아, 네네! 유진 씨."

—제가 한 2주 후부터 배우면 되는데, 그때는 어떻게 안 될

까요? 하루에 2시간씩? 아니면 일주일에 몇 번 자유롭게 정해 주셔도 되고요. 아! 당연히 보수는 드려요!

학수는 계속해서 한다고 하라고 손짓 발짓을 하며 호검을 떠밀었고, 호검은 결국 알겠다고 대답했다.

"아, 알겠습니다. 시간 맞춰볼게요."

—와! 감사합니다. 정말요! 저 열심히 할게요. 제가 그래도 뭐든 금방 배워요!

유진은 굉장히 기뻐하면서 전화를 끊었다.

호검도 얼떨떨해서 전화를 끊었는데, 옆에서 학수가 호검의 어깨를 두드리며 말했다.

"하하하. 잘해봐!"

"네? 홍유진 씨랑요? 뭐, 뭘요?"

호검이 당황해하자, 학수가 허허 웃으며 말했다.

"수업 잘해보라고. 여긴 내가 잘 맡고 있을 테니까."

"음……."

호검이 잠시 무슨 생각을 하는 듯하더니 말했다.

"아! 유진 씨 요리 강습을 오전 9시에서 11시까지 하면 될 것 같아요. 그럼 영업시간에는 피해가 안 갈 거예요."

"그래도 되고. 근데 뭐 내가 이제 거의 다 나았으니까 아침에 수업하고 천천히 나와."

학수는 자신 있게 손목을 이리저리 돌려 보이며 말했다.

"그래도 너무 무리하시면 안 되잖아요. 최대한 영업시간 맞춰서 나올게요. 아, 그리고 저 10월에 여기 그만두고 나서 잠깐 이태리 여행을 가요. 제가 이태리 요리 대회에서 1등 부상으로 이태리 여행 티켓을 받았었거든요."

"아, 그래? 혼자?"

"수정이랑요. 그, 민석 아저씨네 보조 강사로 일하는 제 친구요. 그 친구랑 한 팀으로 같이 나갔었어요."

"오호? 그럼 거기도 잘해봐."

"네? 아하, 잘 다녀오라는 말씀이시죠?"

호검이 학수의 중의적인 표현을 이제 알아서 잘 받아쳤다.

"그럼! 이제 말귀를 잘 알아듣네. 하하하. 근데 우리 호검이 진짜 바쁘네. 방송 출연에, 홍유진한테 요리도 가르쳐 줘야 하고, 이태리 여행도 가야 하고, 그 이후엔 일본 요리도 배워야 하고 말이야. 나보다 더 바빠. 허허허."

학수가 호검이 할 일들을 손가락으로 하나씩 꼽아가며 말했다.

"그, 그러게요."

"바쁘면 좋지. 그만큼 더 빨리 성공할 수 있을 거야. 참, 근데 너 할 일 또 있다!"

"네? 뭐… 요?"

"안대기 기자!"

"아, 맞다! 내 정신 좀 봐……."

호검이 스스로 자신의 머리를 때리며 중얼거렸다.

"나도 좀 알아볼게. 너도 누구랑 친분이 있는지 알아봐. 아, 막 조사하러 다니라는 게 아니라 일단 정보 수집을 해. 특히 안대기가 널 다시 노릴 수도 있으니까."

"네, 알아요. 잘못하다가는 또 정신… 읍."

호검은 하마터면 회귀 전 이야기를 할 뻔했다.

"정신?"

"아니에요. 제가 정신이 없어서 말이 헛나왔네요. 아무튼 조심할게요!"

호검은 그날 집에 가자마자 인터넷을 뒤지기 시작했다. 그리고 안대기 기자가 올린 기사들부터 찾아 읽어보았다.

"차기 대선 후보로 이충선 국회의원을 엄청 밀어주고 있네? 이 사람이랑 개인적으로 친한가? 뭔가 떨어지는 게 있으니까 이렇게 기사를 잘 써주고 있는 걸 거야."

일단 호검은 종이에 안대기 이름을 쓴 다음 그 옆에 이충선의 이름을 적었다. 이충선 국회의원은 야당이었는데, 안대기는 주로 여당에 대해 기사를 나쁘게 적고 있었다. 그래서 현 정부에 대해 비판하는 기사들이 많았다.

호검은 이충선 말고는 특별히 눈에 띄게 안대기와 관계가 돈독해 보이는 사람은 없어서 이번엔 이용혁의 SNS로 들어갔다. 저번에는 이용혁과 친해 보이는 사람들을 찾았지만, 이번엔 이용혁이 안대기와 찍은 사진을 찾아보았다.

"음, 안대기랑 찍은 사진은 없잖아?"

호검은 안대기와 이용혁이 친구 사이인데 같이 찍은 사진이 없으니 좀 의아했다. 그래서 다시 한 번 이용혁의 SNS에 올린 사진들을 천천히 살펴보았다.

그때, 정국이 호검의 방문을 빼꼼 열었다.

"야, 뭐 해?"

"아, 이용혁 SNS 사진들 다시 봐. 안대기랑 찍은 사진 있나 보는 중이야."

호검은 정국에게 안대기 사진도 보여주고 대충 이야기를 해 둔 터라 정국도 안대기에 대해 알고 있었다.

"그래? 안대기랑 찍은 사진 찾았어?"

"아니, 없길래 다시 천천히 보는 중이야."

"어디 스크롤 내려봐. 같이 보자."

호검은 정국의 말대로 스크롤을 천천히 내렸다.

"사진은 진짜 없는 거 같아……."

"어? 이 아줌마 여기 또 있네?"

정국은 이용혁과 한 남자, 그리고 궁중 요리 전문가인 양혜석 명장이 함께 찍은 사진을 가리켰다.

"응? 양혜석 명장?"

"응, 이용혁이랑 친한가 보네. 근데 이 배 나온 아저씨는 보아하니 되게 부자 같은데……. 누굴까?"

정국은 단순히 사진에 나온 사람들이 궁금한 모양이었다. 호겸은 정국의 궁금증을 풀어주기 위해 댓글로 시선을 이동했다.

"엇! 안대기다!"

댓글란에 안대기라는 이름으로 달린 댓글이 있었던 것이다.

[안대기 : 조 사장님도, 명장님도 사진발 잘 받으시네. 너도 그렇고.]

[이용혁 : 너도 내가 찍어준다니까!]

[안대기 : 난 찍는 게 체질이야. 찍히는 건 노노.]

"이 남자가 조 사장인가 보다."

정국이 부자처럼 보이는 남자를 가리키며 말했다.

"응. 그리고 이 사진을 찍어준 사람이 바로 안대기!"

"오호. 역시 내 촉은!! 어때? 나 대단하지? 하하하."

정국은 자신 덕분에 댓글을 찾은 거라며 어깨를 으쓱거렸다.

"그래! 너 감 완전 좋다! 하하."

"근데 그럼 안대기는 양혜석 명장도 아는 거네?"

"그럼 말이 그렇게 되네……. 흠, 이러면 안대기가 김민기 셰프도 알 확률도 높아지는데……."

호검이 골똘히 생각을 하는 듯 미간을 찌푸렸다.

"너 김민기 셰프한테 일식 배우러는 안 간다며? 그럼 다시 가볼 거야?"

"음… 아니. 아직 안대기가 김민기 셰프를 아는지도 모르고, 일단은 여기 조 사장이 누군지 알아봐야지."

"음, 하긴. 남의 가게 망하게 하고 그러려면 뭔가 좀 파워가 더 있는 사람이어야 하겠지. 그냥 요리사 정도는 힘이 별로 없잖아."

호검은 그것보다 자신을 정신병원에 넣을 정도면 돈도 많고 뭔가 권력도 있는 사람일 거라 생각했다.

호검은 아까 이충선 국회의원을 적어놓은 종이에 조 사장과 양혜석을 적어 넣었다. 그리고 잠시 조 사장의 이름을 어떻게 알아낼까 생각하다가 포털 사이트의 이미지 검색이 떠올랐다.

호검은 얼른 조 사장의 얼굴을 캡처한 다음 이미지 검색으로 비슷한 이미지를 찾아보았다.

"음, 안 나오는데?"

"그렇게 유명한 사람은 아닌가……?"

호검은 조금 더 찾아보았지만 별 소득이 없었다. 호검은 내일 출근도 해야 하니 오늘은 여기까지 찾은 것에 만족하기로 했다.

"으, 피곤하다. 나 자야겠어."

호검이 하품을 하며 말했다.

"어. 벌써 12시 넘었다. 잘 자라!"

정국도 자신의 방으로 돌아갔고, 호검은 곧 스르르 잠이 들었다.

* * *

일주일 정도 지나자, 드디어 학수는 주방에 나올 수 있었다.

"오, 사장님! 이제 안 바쁘신 거예요?"

칼판장이 주방으로 들어온 학수에게 다가가 반갑게 물었다.

"바쁜 일은 다 해치웠지. 자, 오늘도 열심히 해보자고!"

"네!"

주방 직원들이 우렁차게 대답했다. 그들은 학수가 주방에 나오자 아무래도 더 힘이 나는 모양이었다.

"호검아, 잠깐 나 좀 보자."

학수는 곧바로 호검을 불러 잠시 주방 문 밖으로 나왔다.

"그 조 사장이라는 사람 말이야."

"네, 알아내셨어요?"

호검이 눈빛을 반짝이며 물었다. 호검은 학수에게 조 사장

얘기를 했고, 학수가 조 사장에 대해 알아봐 준다고 했었던 것이다.

"응, 그 사람 강남에서 〈소울푸드〉라는 큰 뷔페 하는 사람이래. 민석이 통해서 알아봤어."

"뷔페요?"

"응, 이름이 조경환이라던가 그렇던데. 그리고 거기 뷔페 하는데 양혜석 명장이 좀 도움을 줬나 봐."

"으음."

호검은 그 사람이 요식업계 사장이라니까 뭔가 더 의심이 가기 시작했다.

"일단 그 조 사장에 대해 좀 더 알아볼 필요는 있을 것 같아."

"네, 제 생각에도 그렇네요. 감사합니다, 스승님!"

호검이 꾸벅 인사를 하자, 학수는 미소를 지으며 물었다.

"뭘 이 정도 가지고. 참, 홍유진 가르쳐 주는 건 어디서 하기로 했어?"

"자기가 우리 집으로 오겠대요. 자기 집이 멀어서 저보고 오라 가라 하기 미안하다고요. 뭐, 마침 저도 그 시간에 같이 사는 친구도 일 나가고 없을 거고, 제가 홍유진 씨 집에 갔다 오려면 여기 일에 너무 늦을 것 같기도 해서, 그냥 그러기로 했어요."

"근데 집에서 하는 건 화력이나 그런 게 다를 텐데. 홍유진이 이태리요리사로 나오면 어디 레스토랑 주방에서 일하는 게 나오는 거 아냐?"

집에서 사용하는 가스레인지와 식당에서 사용하는 화구는 화력 차이가 많이 났다. 그리고 특히 파스타를 만들 때는 와인을 붓기 때문에 팬에 불이 붙기도 해서 직접 화력이 센 화구에서 실습해 보는 것이 필요했다.

"맞아요. 그래서 기본적인 거 가르쳐 주고 민석 아저씨한테 얘기해 보게요. 수업 비는 시간에 실습실 좀 몇 번 사용하게 해달라고 부탁하려고요."

"오, 그럼 되겠네. 여러모로 민석인 참 도움이 많이 된다니까. 옛날에 호텔에 있을 때도 도움 많이 되었었는데. 하하."

학수의 말에 호겸도 동의한다는 듯 고개를 끄덕였다.

"네, 민석 아저씨는 참 좋은 분이에요."

"맞아. 음, 그럼 우리 들어가자. 오랜만에 몸 좀 풀어야지."

"스승님, 바로 무리하시면 안 돼요! 조금씩만 하세요. 사실 되도록 부주방장님께 맡기는 게 좋은데……."

"그래, 적당히 조절해서 할 테니 걱정 마."

호겸이 걱정하자, 학수는 알겠다며 호겸의 어깨를 두드리고는 다시 주방으로 들어갔다.

* * *

순식간에 또 일주일이 흘러 홍유진이 이태리 요리를 배우러 오기로 한 날이 되었다. 호검은 아침 일찍부터 일어나 청소를 하느라 바빴다.

"아, 나도 일 안 나가고 홍유진 보고 싶다……."

정국이 아르바이트 나갈 준비를 하며 투덜거렸다.

"으이구."

"아! 나, 그냥 오늘 아프다고 할까?"

"야야, 홍유진 보면 뭐 돈이 나오냐, 떡이 나오냐? 그냥 일이나 가셔."

"넌 좋겠다, 홍유진도 보고, 돈도 벌고. 요리도 하니까 떡도 나오는 거잖아!"

"크. 말 되네?"

"힝. 사인 꼭 받아놔. 나 간다……."

정국은 시무룩해서는 가방을 들고 집을 나섰다.

호검은 청소를 마친 다음 어제 사 온 향초를 켰다.

그리고 잠시 후, 드디어 호검의 집 초인종이 울렸다.

* * *

딩동. 딩동.

호검이 마지막으로 거실을 한번 휙 둘러보고는 현관으로 뛰어나가며 외쳤다.

"네, 누구세요?"

"저예요. 홍유진이요."

"아, 네!"

호검이 얼른 문을 열고 유진에게 인사를 했다.

"안녕하세요. 유진……?"

호검은 유진의 바로 뒤에 서 있는 우락부락한 남자를 보고 놀라 말을 멈췄다. 유진은 얼른 호검에게 인사를 하더니 살짝 퉁명스러운 말투로 그 남자를 호검에게 소개했다.

"안녕하세요, 강 셰프님. 음, 이쪽은 제 매니저 안영도 씨예요."

유진의 소개에 안영도가 무표정으로 말했다.

"안녕하십니까. 안영도입니다."

"아……. 강호검이에요. 처음 뵙겠습니다."

호검이 머쓱해하며 인사를 건넸다.

'아, 하긴, 연예인들은 항상 매니저 대동하고 다닌다고 하더라.'

그런데 눈치를 보니 유진은 안영도가 따라온 것이 영 마음에 들지 않는 것 같았다. 하지만 안영도는 개의치 않고 호검에게 말했다.

"처음은 아닌데. 저번에 〈아린〉에 유진 씨랑 같이 갔었어요."

"아, 그런가요? 제가 그때 정신이 없어서 기억을 못 했네요. 죄송해요."

"아닙니다. 그럴 수도 있죠. 아무튼 반갑습니다."

호검과 영도의 인사가 끝나자, 유진이 아일랜드 식탁 옆에 놓여 있는 의자를 들어서 거실 창가 쪽에 놓으며 말했다.

"영도 오빠, 오빠는 여기 앉아 있어요."

호검이 보기엔 부엌에서 가장 먼 곳에 의자를 놓은 것 같았다.

"나도 구경 좀 하면 안 되냐?"

"안 돼요! 나 그럼 신경 쓰인단 말이에요. 전 어디까지나 일적으로 필요해서 요리를 배우러 온 거라고요."

"쳇. 그래, 알았어."

영도는 입을 삐죽 내밀더니 유진이 놓은 의자에 가서 걸터앉았다. 유진은 만족스러운 듯 슬쩍 미소를 짓더니 호검에게 쪼르르 달려왔다.

"강 셰프님! 아, 이제 강 선생님이라고 불러야 하나요? 아니면, 스승님?"

"아하하. 스승님은 좀 그렇고, 선생님도 좀……."

호검이 어색하게 웃으며 말끝을 흐렸다. 그런데 유진이 대뜸 호검의 얼굴 앞에 자기 얼굴을 들이대며 물었다.

"그럼 오빠는 어때요?"

"네에?"

호검이 놀란 토끼 눈이 되어 얼른 자신의 얼굴을 뒤로 뺐다. 그러자 유진은 호검의 팔뚝을 살짝 치며 깔깔 웃었다.

"아이, 농담이에요. 그냥 강 셰프님이라고 부를게요."

"아, 네. 하하."

호검은 살짝 붉어진 얼굴로 웃었고 잠시 적막이 흘렀다. 어색해진 호검은 재빨리 준비해 둔 파스타 면들을 식탁 위에 늘어놓았다.

"음음, 일단 이태리요리사로 나오시면 제일 많이 하는 게 아무래도 파스타 만드는 걸 거예요. 여기 여러 가지 모양의 파스타 면이 있는데, 파스타 집에서 많이 쓰는 면은 이 스파게티니와 펜네, 페투치네, 푸질리… 이 정도예요."

"아하, 푸질리! 알아요. 호호호."

유진이 배시시 웃으며 푸질리를 가리켰다.

"아, 네. 음, 근데 정확히 어떤 역할이죠? 혹시 대본에 뭘 만든다든지 그런 구체적인 부분도 나와 있나요?"

"잠시만요. 아직 대본은 4화까지밖에 안 나왔는데, 제가 요리하는 부분은 표시해 왔어요."

유진은 자신의 가방에서 대본을 꺼냈다.

'와, 되게 열심히 하나 보네. 벌써 대본이 너덜너덜해.'

유진이 꺼낸 대본은 얼마나 봤는지 손때도 묻고 너덜너덜했다. 유진이 민망한지 호검의 눈치를 보며 말했다.

"대본이 좀 지저분하죠? 제가 원래 좀 대본을 많이 봐요. 제가 암기력이 좀 부족해서……."

"아니에요. 유진 씨의 연기 열정이 느껴지네요. 하하."

호검은 오히려 좋아 보인다며 유진을 칭찬했다. 유진은 호검의 칭찬에 좋아하며 자신이 표시한 부분을 찾아 대본을 뒤적였다.

"아, 여기 보니까 제가 봉골레를 만들고 있다는 부분이 있네요! 조개를 넣고, 와인을 붓는다. 이런 거 있어요."

"네, 봉골레……. 알겠어요. 다음은요?"

"음, 다음은 카르보나라를 생크림 없이 만든다는데, 아세요? 이거 참 제가 강 셰프님 만나 뵈면 물어보려고 했던 거예요! 카르보나라는 생크림으로 만든 거밖에 안 먹어봤거든요."

유진이 눈을 동그랗게 뜨고 깜빡거리며 호검을 쳐다보았다. 호검은 그 모습이 귀여워서 피식 웃으며 말했다.

"아, 계란이랑 파르미지아노 치즈로 크리미하게 만든 이태리 정통 카르보나라 말씀이시군요. 전 크림으로 만든 거보다 그 정통 카르보나라를 더 좋아해요. 그것도 같이 만들어보면 되겠네요."

"와, 그래요? 강 셰프님이 맛있다고 하니까 막 먹어보고 싶네요. 호호. 아! 그런데, 강 셰프님은 무슨 음식 좋아하세요?"

유진이 대뜸 물었다.

"음, 저는… 뭐든 다 잘 먹어요. 딱히 가리는 거 없어요. 특별히 뭐가 좋다 그런 것도 없는 거 같아요. 그냥 그때그때 갑자기 뭐가 먹고 싶거나 하긴 하죠."

"그때그때 다르다……. 남자들은 치킨 엄청 좋아하던데?"

"네! 저도 치킨 좋아해요. 아, 여자들은 파스타 엄청 좋아하던데요? 유진 씨도?"

"호호호. 네, 여자들은 대부분 크림파스타를 좋아하죠. 저도 그렇고요. 근데 전 초밥을 되게 좋아해요!"

유진이 초밥을 상상하는지 행복한 표정을 지으며 말했다.

"초밥… 은 전 솔직히 많이 먹어보진 못했어요. 그게, 제가 어릴 적엔 보쌈집을 해서 보쌈을 엄청 먹었고, 다음엔 이태리 요리 배우느라 한동안 이태리 요리만 죽어라 해 먹었고, 또 아시다시피 제가 중식당에서 일하잖아요? 그래서 또 중식만 막 많이 먹었거든요."

"그래요?"

호검의 말에 유진이 되묻더니 슬쩍 영도를 쳐다보았다. 영도는 고개를 푹 숙이고는 졸고 있었다.

그러자 유진이 호검에게 가까이 다가가서 속삭였다.

"그럼 저랑 같이 초밥 먹으러 갈래요? 저 단골집 있는데, 거기 진짜 맛있거든요."

마침 호검은 이제 곧 일식도 배워야 하니 초밥이나 라멘 등 일본 요리를 맛보러 다니는 것도 필요했다.

"좋아요. 언제 한번 가요."

호검도 유진이 한 대로 속삭이듯 대답했다.

그러자 유진은 아이처럼 좋아하며 박수를 쳤다.

"정말이죠? 와, 신난다!"

유진의 박수 소리에 영도가 고개를 번쩍 들더니 주변을 둘러보았다.

"뭐, 뭐야? 무슨 일이야?"

영도는 자다가 깜짝 놀란 듯했다.

"오빠, 아무 소리 안 났어요. 다시 자요. 큭."

유진은 영도에게 시치미를 떼며 말했고, 영도는 이번엔 고개를 뒤로 한껏 제치고 입을 벌린 채 자기 시작했다.

유진은 다시 작은 목소리로 호검의 귓가에 속삭였다.

"그럼 다음 주쯤 가요. 괜찮죠?"

"네, 좋아요."

호검은 미소를 지으며 고개를 끄덕였다.

"근데, 어릴 때 보쌈집을 하셨어요?"

유진은 뭐가 그리 궁금한 게 많은지 질문 공세를 이어갔다.

"네, 꽤 오래 했죠."

"그럼 보쌈은 정말 마음껏 드셨겠네요?"

"그럼요. 물리도록 먹었죠."

"아! 먹은 것뿐만 아니라 많이 만드시기도 했겠다! 그쵸?"

"네, 엄청 만들었죠. 저희 집 보쌈이 꽤 맛있어서 장사가 잘 됐었거든요."

"오, 강 셰프님은 요리는 장르 불문하고 다 잘 만드시겠네요! 저 보쌈도 좋아하는데, 호호. 음, 근데 강 셰프님은 질리셨을 테니 같이 먹으러는 못 가겠네요……."

유진은 쉴 새 없이 말을 쏟아냈다.

호검은 그녀의 말을 잘 받아주려고 자기도 질문을 던졌다.

"보쌈집도 자주 가는 단골집 있어요?"

"네! 보쌈집은 아니고, 뷔페인데 보쌈이 되게 맛있는 데 있어요."

"뷔페인데 보쌈이 맛있어요?"

"뭐, 다른 것도 다 괜찮긴 한데, 전 여기 보쌈 먹으러 가거든요. 좀 이상한가? 호호."

"이상하기 보다는 좀 특이한? 근데 그렇게 맛있어요?"

호검은 보쌈집에서 일을 했던 사람으로서 본능적으로 보쌈 맛이 궁금했다.

"가서 한번 드셔보세요. 뷔페니까 보쌈은 맛만 보시고 다른 거 드셔도 되니까요. 강남에 있는데, 이름이 소……."

"혹시 〈소울푸드〉?"

호검이 유일하게 아는 강남의 뷔페가 바로 조경환의 〈소울푸드〉였기에 설마하며 물었다.

"어? 아세요? 가보셨어요? 거기 보쌈 되게 맛있지 않아요?"

"아, 아니요. 가보진 않았어요. 어디서 그 뷔페 이름을 들어봤어서……."

뭔가 호검은 께름칙한 느낌이 들었다. 보쌈이 맛있고, 안대기와 친분이 있는 조경환이 경영하는 뷔페라니.

"유진 씨가 맛있다니 한번 가봐야겠네요."

"네! 제가 보증해요."

호검은 〈소울푸드〉에 정말 가봐야겠다는 생각이 들었다. 하지만 자신의 얼굴이 알려져 있으니 그냥 가기보다는 뭔가 계획을 잘 짜야 할 것 같았다.

'진짜 가보긴 해야겠어.'

그는 잠시 생각을 접어두고 다시 수업을 진행했다.

"자, 그럼 일단 이태리요리사니까 기본 재료 명칭은 다 알아야 할 거예요. 허브 종류라든가, 치즈라든가, 파스타 재료 등등요."

"그럼 오늘은 실습 안 해요?"

"네, 이론부터 해야죠."

"힝. 앞치마도 준비해 왔는데."

유진이 귀엽게 입을 삐죽 내밀며 말했다.

"다음에 쓰시면 되죠. 하하. 그럼 본격적으로 수업 시작할게요."

"네!"

유진은 호검이 설명하는 것을 열심히 필기하며 수업을 들었다.

호검은 그런 그녀의 열정적인 태도가 마음에 들었다.

'어린 나이에도 연기력을 인정받고 인기가 많은 이유가 있구나. 정말 열심히 해.'

호검은 유진을 보면서 자신도 더 열심히 해야겠다고 다짐했다.

* * *

며칠 후, 〈아린〉이 쉬는 수요일인데 이른 아침부터 호검은 나갈 채비를 하고 있었다.

"오늘도 홍유진 오는 거지?"

아르바이트 나갈 준비를 하던 정국이 물었다.

"아니, 오늘은 나 방송 녹화 있어서 하루 오지 말라고 했어."

"아! 그게 오늘이었어?"

"응. 그래서 나 너 나갈 때 같이 나가려고."

"아, 어쩐지……. 근데… 홍유진은 제빵은 안 배워도 된대?"

정국이 대뜸 물었다.

"응? 웬 제빵?"

호겸이 의아해하며 되물었다.

"아니, 제빵은 내가 잘 가르쳐 줄 수 있는데 말이야……."

"큭. 한번 물어는 봐줄게. 됐지?"

"오, 역시 넌 좋은 친구야. 고맙다. 하하하."

정국이 호겸에게 어깨동무를 하며 좋아했고, 곧 둘은 함께 집을 나섰다. 마침 같은 방면이라서 둘은 같은 버스를 타고 맨 뒷자리에 앉았다.

"정국아, 나 그 안대기랑 친한 조경환 사장이 하는 뷔페에 좀 가봐야겠는데, 같이 갈래?"

"뷔페? 좋지! 언제 갈 건데?"

"조만간 시간 내서."

"너 시간 날 때라고 해봐야 수요일밖에 없잖아?"

"다음 주 수요일에는 유진 씨랑 초밥 먹으러 가야 돼서 안 되고……."

"와, 완전 부럽다……."

정국은 호겸을 부러움의 눈초리로 쳐다보았다. 호겸은 머쓱해하다가 정국에게 물었다.

"음, 근데 좀 빨리 가봐야 하는데……. 넌 언제 쉬지?"

"나는 일요일! 근데 다른 날도 뭐 시간 바꾸면 되니까 괜찮아."

"그럼 스승님께 조퇴 좀 시켜 달라고 해야겠다. 내가 스승님께 물어보고 말해줄게."

"오케이. 참, 오늘 촬영은 뭐 하는 거야? 이번에도 요리 대결?"

"아니, 이번엔 가르쳐 주는 거야. 엠씨하고 연예인 패널 한 명한테."

"아하. 그럼 뭐 가르쳐 줄 건데?"

"꿔바로우랑 사천새우백짜장."

"사천새우백짜장? 그런 게 있어? 말만 들어도 맛있겠다. 새우가 들어갔으니 고소할 거고, 사천이면 매콤할 거고, 근데 백짜장이면 하얀 짜장인가?"

"응, 그게……."

호검이 정국에게 뭔가 더 설명을 하려다 말을 멈췄다.

바로 앞에 앉아 있던 여고생 두 명이 갑자기 휙 하고 뒤를 돌아봤던 것이다.

그러고는 그중 한 학생이 조심스럽게 말문을 열었다.

* * *

"저, 호검 오빠 맞죠?"

"네?"

호검은 자기가 아는 여고생은 없는데 갑자기 알은척을 하니 당황해서 되물었다.

그때, 옆의 친구가 그녀를 팔꿈치로 툭 치며 말했다.

"야, 강 셰프님이라고 해야지!"

"아, 강 셰프님! 그, 요리천하에서 1등 한 그 셰프님 맞죠?"

정국은 학생들이 호검을 알아보자 신기한 듯 눈을 동그랗게 뜨고 호검을 쳐다보았다. 그러고는 얼른 자기가 대신 대답했다.

"맞아요. 얘가 걔예요. 강호검 셰프!"

정국이 확답을 해주자 여고생 둘은 호들갑을 떨면서 좋아했다.

"와, 오빠, 팬이에요! 거기서 너무 멋있었어요. 우리 반 애들도 다 막 멋있다고 난리였다니까요!"

"요리도 잘하고, 키도 크고, 멋있고! 요리사 복장도 너무 잘 어울렸어요!"

"네, 감사합니다. 하하."

호검은 살짝 당황하긴 했지만 기분은 좋았다. 가끔 사람들이 알아보는 것 같은 시선을 느낀 적은 있었으나 거의 대부분은 그냥 수군대기만 했기 때문이다. 이렇게 직접 멋있다면서 말을 거는 경우는 거의 없었다.

"저, 오빠! 오빠라고 불러도 되죠?"

"아, 뭐. 편하신 대로……."

"오빠, 사진 같이 찍어주실 수 있어요! 우리 반 애들한테 자랑해야지!"

"네."

호검은 흔쾌히 허락했고, 여고생들은 휴대폰을 셀카 모드로 바꾸고는 자신들의 뒤쪽에 얼굴을 가까이 대라고 했다.

"어, 옆의 오빠도 같이 찍어요!"

그중 한 한생이 거리낌 없이 정국에게 말했고, 정국도 활짝 웃으며 사진 찍기에 동참했다.

"자, 하나 둘 셋!"

스마일~

찰칵.

여고생의 휴대폰에서 '스마일'이라는 음성과 함께 사진이 찍혔다.

"와, 감사합니다! 음, 저기, 그럼 악수도 한번……?"

역시 여고생들은 생기발랄하고 당돌했다.

"아, 그래요."

호검은 팬 서비스 차원에서 두 여고생에게 차례로 악수도 해주었다. 여고생들은 또 굉장히 좋아했다.

"와, 대박!"

"짱이다! 실물이 더 멋있어요, 오빠!"

그때, 버스에서 안내 방송이 들려왔다.

"이번 정류소는 해화여고입니다. 다음 정류소는……."

"엇! 우리 내려야 돼! 야, 빨리! 빨리!"

"오빠, 저희 내릴게요. 안녕히 가세요!"

여고생들은 후다닥 가방을 챙겨 버스에서 내렸다.

그들은 내려서도 차창 밖에서 떠나가는 버스 안 호검에게 손을 마구 흔들어댔다.

정국은 고개를 돌려 그 여고생들에게 손을 흔들어주다가 다시 바로 앉으며 말했다.

"야, 너 오늘 녹화한 방송 또 나가면 버스 못 타고 다니는 거 아냐?"

"에이, 무슨. 겨우 여고생 두 명이 알아본 거 가지고 호들갑은."

"두 명이 세 명 되고, 세 명이 열 명, 열 명이 백 명 되는 거다, 너. 그럼 넌 차를 뽑아야 하는 거지."

"얼씨구? 차까지?"

"그럼 내가 좀 얻어 타고. 헤헤. 차종은 뭐로 할까? 음, 아무래도 실용적이려면 SUV가 낫겠지?"

정국은 신나게 상상의 나래를 펴며 즐거워했다.

호검도 아직은 이르지만, 곧 그런 날이 오리라 생각했다.

'그래, 열심히 하다 보면 그런 날이 올 거야.'

잠시 후, 정국은 먼저 버스에서 내려 아르바이트를 하러 갔고, 호검은 조금 더 가서 지하철로 갈아타고 방송국으로 향했다.

방송국에 도착해 세트장으로 들어서자, 김 피디가 달려와 손을 내밀었다.

"아이고, 강 셰프! 오느라 수고 많았어요."

"안녕하셨어요, 김 피디님!"

호검이 반갑게 웃으며 김 피디의 손을 꽉 잡았다.

"하하. 난 이 프로그램 또 새로 기획하느라 아주 피곤하게 살았어요. 강 셰프도 장사 너무 잘 돼서 엄청 바쁘죠?"

"네, 좀 바쁘네요."

"그래도 바빠도 장사 잘되면 좋은 거죠. 나도 피곤해도 프로그램 잘되면 좋은 것처럼. 하하하. 자, 이리 와봐요. 저기가 세트예요. 요리 재료는 다 준비해 뒀고요."

"아, 네."

김 피디가 가리킨 세트를 보니 세 개의 도마가 아일랜드 식탁 위에 일렬로 놓여 있었다. 그리고 그 뒤편으로 커다란 냉장고와 싱크대가 설치되어 있었다. 전체적인 세트장의 느낌은 나무를 많이 사용해서 아늑하고 좋아 보였다.

'와, 예쁘게 잘 만들어놨네.'

김 피디는 호검을 데리고 한쪽 테이블로 가서 오늘 녹화에 대해 설명하기 시작했다.

"요리 시작 전에 사적인 질문 몇 개 할 거고요. 여기 질문지 보시고 대답 준비하시면 돼요."

"네."

김 피디는 호검에게 질문지를 주었고, 호검은 질문지를 훑어보았다. 질문지 맨 위에는 이 프로그램의 제목인 〈셰프의 비법〉이라고 쓰여 있었다.

제목처럼 이 프로그램은 셰프만의 비법을 알려주는 프로그램이었다.

그래서 호검은 사천새우백짜장을 준비한 것이다.

이건 호검이 개발한 그만의 요리였다.

꿔바로우는 일반적으로 사람들이 가장 관심 있어 할 만한 기본 메뉴로 준비한 것이었고.

질문지를 훑어보던 호검이 조금 걱정스러운 눈빛으로 말했다.

"그런데, 제가 가르치는 건 처음이라서, 잘할 수 있을지 모르겠어요."

호검은 며칠 동안 유진을 가르쳤긴 했지만, 그건 일대일로 자유로운 분위기에서 가르쳐 준 것이라서 걱정이 되었다.

"아휴, 제가 볼 땐 목소리도 차분하시고 그래서 아주 잘하실 것 같아요."

"목소리보다 설명을 잘해야 할 텐데……."

"걱정 마세요. 목소리발이 얼마나 중요한데요. 저도 학교 다닐 때 목소리가 귀에 쏙쏙 들어오는 선생님들 수업은 설명을 잘 못 해도 훨씬 기억에 잘 남았다니까요! 제가 강 셰프를 섭외한 데는 그 차분하고 듣기 좋은 목소리도 한몫했습니다. 하하하."

김 피디가 호검을 안심시키며 말했지만, 호검은 그다지 김 피디의 말이 납득이 가진 않았다.

"흠……."

"아참, 메이크업하셔야죠. 셰프복도 거기 있어요. 여기!"

김 피디가 손을 번쩍 들어 올려 딱딱 핑거 스냅을 몇 번 하자, 한 여자 스텝이 잽싸게 달려왔다.

"강 셰프 메이크업해 주고, 옷도 줘."

"네! 강 셰프님, 따라오세요."

"아, 네."

"강 셰프, 메이크업 다 하고 다시 이리 와요. 엠씨랑 패널 소개시켜 줄 테니까요."

호검은 여자 스텝을 따라 가서 메이크업을 받고 조리복으로 갈아입었다.

그리고 다시 김 피디에게로 돌아왔을 땐, 엠씨를 보는 개그맨 유정민과 패널인 배우 이찬성이 와 있었다.

'와, 역시 배우는 배우구나. 키도 크고 완전 조각이네!'

이찬성은 모델 출신 배우로 28살이었는데, 호검은 자기보다 어려 보인다고 생각했다.

유정민과 이찬성은 호검을 보자마자 반갑게 인사를 건넸다.

"처음 뵙겠습니다, 강 셰프님. 이찬성입니다."

"안녕하세요! 강 셰프님, 반갑습니다. 유정민입니다. 저 아시죠?"

"그럼요! 두 분 다 압니다. 이렇게 유명하신 분들을 제가 모를 리가 있나요. 하하."

첫인사가 끝나자마자 이찬성이 대뜸 말했다.

"전 강 셰프님만 믿을게요. 전 진짜 요리 못하거든요. 칼질도 진짜 못하고요. 근데 김 피디님이 자꾸 못해도 괜찮다고 하셔가지고……."

이찬성이 엄청 걱정이 되는지 자꾸만 요리를 못한다면서 원망하는 듯한 눈빛으로 김 피디를 쳐다보았다.

"아이고, 찬성아, 넌 얼굴로 그냥 시청률 나와. 요리? 못해도 팬들은 그 서툰 모습도 좋다고 난리일걸?"

"전 진짜 선천적으로 요리에 감각이 없어요. 제가 만든 건 다들 완전 맛없다고 한다니까요."

"제가 잘 가르쳐 드릴게요."

호검은 아까까지 잘 가르칠 수 있을지 걱정이 된다고 했었는데, 막상 이렇게 요리를 두려워하는 사람을 보니 잘 가르쳐 주고 싶은 욕구가 솟아올라 대뜸 이렇게 말해 버렸다.

"봐, 우리 강 셰프가 잘 가르쳐 준다잖아. 하하."

"네, 강 셰프님만 믿겠습니다!"

찬성은 호검의 손을 덥석 잡으며 말했다.

그리고 잠시 후, 드디어 녹화가 시작되었다.

개그맨 유정민은 능수능란하게 오프닝을 했고, 찬성과 호검을 차례로 소개했다. 요리를 가르쳐 줄 호검은 한가운데에서 섰고, 호검의 양옆으로는 이찬성과 유정민이 자리를 잡았다. 그리고 먼저 몇 가지 준비된 질문을 한 다음 자연스럽게 오늘 배울 요리로 넘어갔다.

"강 셰프님, 오늘 〈셰프의 비법〉에서 가르쳐 주실 요리는 뭔가요?"

"꿔바로우[鍋包肉]와 사천새우백짜장입니다."

"간단히 어떤 요리인지 설명해 주시겠어요?"

"네. 음……."

호검은 긴장이 되어 잠시 아무 생각도 나지 않는지 뜸을 들였다.

"강 셰프님? 꿔바로우는 중국식 탕수육이라 보면 되죠?"

유정민은 노련하게 호검을 이끌어줬고, 호검은 정민의 말에 곧 정신이 돌아왔다.

"네! 맞습니다. 꿔바로우[鍋包肉]는 중국식 탕수육이라고 보시면 되고요, 얇고 넓적하게 썬 돼지고기에 감자 전분을 입혀 튀겨내고, 거기에 새콤달콤한 소스를 부어 먹는 요리입니다. 파채를 살짝 곁들여 먹으면 더 맛있고요."

"사천새우백짜장은요?"

"음, 이건 제가 개발한 백짜장인데요, 사천식, 그러니까 매운 맛이 나는, 새우가 들어간 하얀 짜장입니다."

"오, 둘 다 정말 맛있겠는데요? 그럼 얼른 만들어봅시다."

호검은 본격적인 요리 시작에 앞서 크게 심호흡을 했다.

'그래, 그냥 하던 대로 하면 되는 거야. 요리, 요리에 집중하자. 근데 참, 요리만 하는 게 아니잖아. 설명도 하면서 해야 하는데……!'

호검은 마음을 가라앉히고 침착하게 재료들을 하나씩 도마 위에 놓으면서 레시피 설명을 떠올리려고 했다.

그런데 그 순간!

그의 눈앞에 레시피 양피지가 보이기 시작했다.

'엇!'

그건 호검의 눈에만 보이는 양피지였다.

중국 요리 마스터 양피지.

그리고 거기엔 먼저 만들 사천새우백짜장의 레시피가 순서대로 적혀 있었다.

호검은 그 양피지의 레시피를 그저 보고 읽으면서 요리를 하면 되는 것이다.

'오! 좋았어!'

호검은 걱정과 긴장감은 모두 떨쳐 버렸다.

레시피가 적힌 양피지가 있는데 무슨 걱정이랴!

호검은 신나게 요리를 진행하기 시작했다.

"자, 먼저 사천새우백짜장부터 만들겠습니다. 사천새우백짜장에는 보시다시피 애호박, 파, 돼지고기, 새우, 오이, 그리고 된장, 청양고추가 들어갑니다."

호검은 능숙한 손동작으로 각 재료들을 짚어가며 설명을 했다. 그리고 이어 다지기에 들어갔다.

"오이를 뺀 나머지 재료들은 다 다지면 됩니다. 애호박은 얇게 슬라이스한 다음, 기다란 막대기처럼 채를 썰어주시고 그리고 마지막에 작은 큐브 모양으로 다져주시면 됩니다. 새우와 돼지고기는 마구 때려서 다져주시면 되고요."

"오, 근데 그 말발굽 소리 나는 쌍칼 신공을 볼 수 있을까요?"

"그럼 특별히 보여 드리겠습니다. 아, 두 분도 따라 해보세요."

호검은 진행자처럼 말하며 중식도 두 개를 양손에 들었다.

양옆의 찬성과 정민도 호검을 따라 중식도를 양손에 들었다.

호검은 두 사람에게 잘 보라면서 돼지고기와 새우를 함께 다지기 시작했다.

다그닥 다그닥.

"양손을 엇박자로 자연스럽게 움직이면 칼들이 도마를 치면서 이런 경쾌한 말발굽 소리가 납니다."

호검은 다지기를 하면서도 입에서는 술술 말이 나왔다.

이건 레시피에 적힌 것은 아니지만, 자신감이 생기니 설명도 자연스럽게 입에서 튀어나오고 있었다.

그 모습을 지켜보는 김 피디는 뿌듯하게 웃었다.

"훗, 가르치는 거 자신 없다더니 말이 청산유수네. 아주 내가 잘 섭외했어. 혼자 요리 프로 맡아도 될 정돈데?"

찬성과 정민도 옆에서 호검을 보면서 양손 다지기를 시도해 보고 있었다.

그런데 그때, 찬성이 갑자기 왼손에 든 칼을 놓치면서 소리를 질렀다.

"으악!"

호검과 정민이 깜짝 놀라 찬성을 확 돌아보았고, 김 피디와 스텝들도 놀라서 찬성에게 달려왔다.

"뭐야! 다쳤어?"

*　　*　　*

"아, 아니에요. 괜찮아요. 너무 세게 쳐서 손이 찌릿했어요. 근데 칼이 도마에 박혀 버렸네……. 하하……."

찬성은 괜찮다며 멋쩍게 웃었지만, 그는 약간 식은땀을 흘리는 것 같아 보였다.

그의 말대로 찬성의 왼손에 들려 있던 중식도의 칼날 끝은 도마에 박혀 있었다.

사실 찬성은 찌릿한 손 감각보다는 칼이 잘못해서 떨어질까 봐 놀라서 소리를 질렀던 것이었다.

찬성은 안 그래도 요리에 두려움이 있었는데 가슴 철렁하게 하는 일이 생기자 요리가 하기 싫어지려고 했다.

"하아……."

그때 호검이 얼른 끼어들어 찬성을 위로했다.

"아, 저도 그럴 때 있어요. 힘이랑 타이밍 조절이 어떻게 살짝 어긋나면 갑자기 찡 하는 그 느낌, 알아요."

"그, 그죠? 그럴 때 있죠?"

찬성은 호검이 그렇게 말해주자 마음이 조금 편해졌다. 찬성의 물음에 호검은 도마에 꽂힌 찬성의 칼을 뽑으며 친절하게 대답했다.

"으차. 네, 그럼요. 요리사인 저도 가끔 그래요."

이어 호검이 직접 칼의 각도를 보여주며 간단히 설명을 해 주었다.

"아, 그리고 다질 때는 칼날이 거의 도마와 수평으로 되게 다져야 하는데, 칼날 앞쪽 끝이 도마에 먼저 닿게 칼을 내리니까 힘이 앞쪽에 쏠려서 도마에 꽂힌 것 같네요. 근데 이것도 왼손으로 처음 하는 사람들은 익숙하지 않아서 그런 거예요. 제가 다시 천천히 가르쳐 드릴게요."

"네, 고마워요!"

찬성은 자신이 민망할 상황이었는데 호검이 잘 수습해 주어서 너무 고마웠다. 그리고 호검에 대한 호감과 믿음이 생겼다.

"안 다쳤으면 됐어. 자, 5분만 쉬었다 갈게요."

김 피디는 잠시 쉬어 가자며 녹화를 끊었고, 찬성의 스타일리스트가 쪼르르 달려와 그의 얼굴 메이크업을 다시 해주었다.

호검은 녹화가 재개되기 전에 잠시 시간을 달라고 해서 찬성에게 칼을 잡는 방법이나 힘 조절하는 방법 등을 차근차근 알려주었다.

"너무 힘을 주지 말고 칼을 도마에 튕겨준다는 느낌으로 두드리면 돼요. 자, 이렇게요."

호검이 시범도 보여주고 천천히 알려주자, 찬성도 금방 비슷하게 흉내는 낼 수 있게 되었다. 그리고 호검은 고래도 춤추게 한다는 칭찬도 잊지 않았다.

"오, 잘하시네요! 요리에 재능 없지 않은데요? 하하."

"그래요?"

찬성은 호검의 칭찬에 한껏 기분이 좋아졌다. 그리고 요리에 대한 두려움도 점차 사라지고 있었다.

"자, 그럼 다시 녹화 들어가겠습니다!"

호검은 다시 녹화에 들어가서도 요리 초보 찬성을 배려하며 잘 가르쳐 주었다. 또한 그는 설명도 차분한 목소리로 조근조근 잘했다.

"새우와 애호박은 찰떡궁합이죠. 굉장히 잘 어울리는 조합이라서 특별히 채소 중에서도 애호박을 선택했어요."

"재료에도 딱 맞는 궁합이 있죠. 우리 한식에서도 애호박 볶을 때 새우젓으로 간을 하면 아주 맛있잖아요?"

정민은 요리에 대해 지식이 어느 정도 있는 편이라 호검이 하는 말도 잘 받아주고, 혼자서도 요리를 잘 따라 했다.

'아, 역시 요리에 대해 좀 아니까 유정민 씨를 엠씨로 쓴 거구나.'

김 피디는 호검과 정민, 찬성을 보면서 생각했다.

'오! 이거 셋이 아주 조합이 잘 맞는데? 강 셰프는 말을 차분히 잘하고, 정민 씨가 재밌게 잘 받아주고, 또 찬성이는 요리 초보라서 시청자들의 궁금증을 해결해 주는 역할을 한단 말이야. 비주얼도 아주 잘 어울려! 요 세 명, 나중에 고정 프로 하나 짜도 되겠는걸?'

김 피디는 흡족한 미소를 띠며 그들을 계속 관찰했다.

"꿔바로우는 고기 자체를 얇은 고기를 쓰기 때문에 너무 오래 튀길 필요는 없어요. 요 정도 갈색빛이 났을 때 꺼내주시면 돼요."

호검이 꿔바로우를 튀기면서 설명했다.

"이 정도면 되나요?"

찬성이 기름 속에서 튀겨지고 있는 자신의 꿔바로우를 가리키며 호검에게 물었다.

"네, 이제 꺼내도 되겠어요! 오, 정민 씨는 벌써 꺼내셨네요. 잘 튀겨졌네요."

"하하. 제가 튀김을 좋아해서 막 집에서 이것저것 다 튀겨 먹거든요. 자, 이제 소스는 어떻게 만드나요?"

"기본적으로 꿔바로우 소스는 설탕, 식초, 간장이 3 : 3 : 1의 비율로 들어가요. 그러니까 설탕 3큰술, 식초 3큰술, 간장 1큰술요."

"아, 근데 전 신 걸 별로 안 좋아하는데, 식초는 좀 빼도 되나요?"

찬성은 모르는 게 많으니 질문도 많아 계속해서 질문을 했다.

"그럼요. 식성에 따라 난 덜 단 게 좋다 하면 설탕을 좀 빼고, 신 게 싫으시면 식초를 좀 빼시고, 좀 더 짰으면 좋겠다 하면 간장을 더 넣으시거나 소금을 넣으시면 돼요. 간단하죠? 이렇게 직접 해 먹는 요리는 자신의 입맛에 맞게 만들 수 있다는 장점이 있어요."

찬성은 고개를 끄덕였고 열심히 호검이 하는 걸 따라 했다.

호검이 찬성을 잘 이끌어준 덕분에 요리 만드는 건 잘 마무리가 되었다.

"우와! 드디어 시식 시간입니다! 앞쪽 테이블로 이동해서 먹어볼까요?"

셋은 테이블에 각자 자신이 만든 두 가지 요리를 가져다 놓고 앉았다.

"자, 가장 먼저 우리 강 셰프님 거부터 먹어봅시다!"

정민이 젓가락을 들면서 말했다.

찬성과 정민은 호검의 꿔바로우와 사천새우백짜장을 시식했고, 맛을 보며 감탄사를 연발했다.

"으음! 와, 이거 바삭하고 진짜 맛있네요."

"짜장도 담백하고, 역시 새우와 애호박 궁합이!"

둘은 양손 엄지를 들어 보이며 칭찬을 아끼지 않았다.

다음으로 정민과 찬성의 요리도 함께 시식을 시작했다.

찬성은 시식에 살짝 겁이 났다. 항상 그가 요리를 하면 남들과 똑같이 한 것 같은데 맛이 없었기 때문이다.

그는 먼저 자기 요리를 시식하는 정민과 호검의 눈치를 보고 있었다.

'으, 맛없으면 어떡하지…….'

그런데 정민이 찬성의 백짜장을 먹어보더니 고개를 끄덕였다.

"맛있게 잘됐네."

"정, 정말요?"

찬성이 떨리는 목소리로 되물었다.

"네, 아주 맛있어요."

호검도 활짝 웃으며 칭찬했다.

찬성은 그제야 얼른 젓가락을 들어 자기가 만든 백짜장을 맛보았다.

"오! 웬일이야! 내가 만든 게 맛있다니! 정말 맛있어요! 강 셰프님 덕분이에요. 하하하. 내가 만든 게 맛있을 줄이야……."

찬성은 자신의 요리에 감동을 받은 듯 너무 기뻐했다. 호검은 찬성이 좋아하는 모습을 보자 뭔가 보람 있고, 뿌듯했다.

찬성의 꿔바로우 역시 맛이 좋았다. 물론 정민의 두 가지 요리도 맛있었다. 정민은 자신의 입맛에 알아서 맞게 만들어서 사천새우백짜장이 엄청 매웠지만 말이다.

녹화는 시식 후에 셋이 같이 셀카를 찍는 것으로 끝이 났다.

"수고하셨습니다!"

"수고하셨습니다!"

녹화가 끝나자, 찬성은 자신이 만든 요리를 코디와 스태프들에게 먹여주느라 바빴다.

"어때요? 맛있죠?"

"응."

"네, 오빠 이제 요리도 잘하는 거예요?"

"요섹남까지 접수?"

"으하하하. 아이, 그 정도는 아니에요. 다 우리 강 셰프님이 잘 가르쳐 주셔서 그렇죠. 강 셰프님!"

찬성은 신이 나서 자신의 요리를 먹여주고 돌아다니더니 호검에게로 돌아와 싱글벙글 웃으며 그를 얼싸 안았다.

"오늘 너무 고마웠어요! 제가 만든 요리가 맛있다니 꿈만 같아요."

"네, 하하하. 잘 따라 해주셔서 저도 감사해요."

"오, 둘이 완전 브로맨스 작렬인데?"

유정민이 둘을 보면서 장난스럽게 말했다.

"아하하하. 제가 또 브로맨스 전문 아닙니까? 얼마 전에 끝난 드라마에서도 저 연후 씨랑 케미가 엄청나다고 베스트 커플로 묶이고 그랬다니까요."

"강 셰프랑도 케미 좋은데?"

김 피디가 불쑥 끼어들어 말했다.

"둘이 형 동생 하고 친하게 지내. 두 살 차이 아닌가?"

"네, 맞아요. 그럼 형이라고 부를까요, 찬성 형?"

"그럼 난 너무 좋죠. 호검 동생!"

찬성과 호검은 호형호제하기로 하고 연락처도 주고받았다. 찬성은 바로 다음 스케줄이 있다면서 아쉬워하며 녹화장을 먼저 떠났고, 이어 정민도 떠났다.

호검도 옷도 갈아입고 슬슬 갈 채비를 하다가 조금 걱정이 되는지 김 피디에게 다가가 물었다.

"제가 설명을 너무 많이 하지 않았나요?"

"아니에요. 아주 다정하고, 친절하고, 좋았어요. 그리고 뭐, 편집하다가 너무 많으면 좀 잘라도 되니까, 일단은 분량 많은 게 좋죠."

"다행이네요. 아, 근데 방송 날짜는 언제예요?"

"3주 후에 나갈 거예요. 첫 방송은 다음 주 토요일 6시고요."

"네, 알겠습니다. 오늘 수고 많으셨어요. 저도 이만 가볼게요."

호검은 김 피디와 스텝들에게 인사를 하고 녹화장을 나섰다.

* * *

〈대결! 요리천하〉의 방송이 끝난 후 1달가량이 지났는데도 여전히 〈아린〉에는 손님들이 몰려들고 있었다.

예슬은 학수에게 매장 확장을 계속 주장했다.

학수는 바쁜 관계로 그의 아들과 부인이 근처에 1, 2층을 모두 사용할 수 있는 자리를 보러 다니고 있었다.

호검은 〈아린〉 일에, 유진을 가르칠 준비도 하느라 아직 일본 요리를 실습하고 배울 시간이 나지 않았다.

'그래, 일단 유진 씨는 1달만 가르쳐 주면 되니까 10월에 이태리 여행 다녀와서부터 본격적으로 해야겠다.'

그래도 호검은 가끔 버스에서 김완덕의 일본 요리 마스터의 일부 내용들을 살펴보기는 했다.

한번은 마구로(다랑어)스시 만드는 법을 살펴보고 있었는데, 그는 난감함을 감출 수 없었다.

소환한 양피지 위로 어떤 영상이 재생되고 있었는데, 김완덕이란 이 돌의 전 주인이 마구로스시를 만드는 모습이었다.

그런데 굉장히 오래전 사람인지 가스불이나 숯불이 아니라,

짚을 태워 훈연을 하고 있었던 것이다.

'으잉? 짚으로? 어디서 짚을 구하지? 근데 이러면 맛이 뭐가 다른가?'

호겸은 이런 생각을 하다가 이 일본 요리 마스터 양피지의 단점을 깨달았다.

호겸은 단지 여기에 나온 요리법만을 알 수 있을 뿐 왜 이렇게 요리를 해야 하는지를 알 수 없는 것이다. 게다가 질문도 할 수 없었다.

'아는 일식 요리사가 있으면 내가 이 요리법들을 익히는 데 도움이 많이 될 것 같은데…….'

호겸은 일단 이런 궁금증들을 해결하기 위해 일본 요리 기초 책을 몇 권 샀다. 그리고 그 책부터 틈틈이 읽어보기로 했다.

시간은 금방 흘러 유진과 초밥을 먹으러 가기로 한 수요일이 되었다.

이날은 〈아린〉에서 수제자 선발전이 있는 날이기도 했다.

이번에 수제자 선발전에 도전한 사람은 튀김장 박승준, 면장 이한민, 칼판 보조 문재석, 칼판장 양주성, 호겸보다 1달 먼저 들어왔던 최현우, 이렇게 다섯 명이었다.

호겸은 누가 수제자로 뽑힐까 궁금했다.

'재석이 형이 되면 좋겠다. 형 되게 열심히 하는데.'

호검은 개인적으로 재석과 친하기도 하고 그의 열정을 잘 알기에 그가 수제자가 되었으면 했다.

그런 생각을 하며 길가에 서서 유진의 밴을 기다리고 있는데, 드디어 그녀의 밴이 그의 앞에 와서 섰다.

"강 셰프님! 타세요!"

유진은 밴 문을 열기가 무섭게 호검을 확 잡아당겼다.

"어어……."

유진이 호검을 너무 세게 잡아당기는 바람에 호검은 얼떨결에 유진을 덥석 안게 되었다.

"아이쿠, 죄송해요."

호검은 얼른 유진에게서 떨어지며 사과했다.

그러자 유진은 얼굴을 살짝 붉히며 고개를 저었다.

"아이, 아니에요. 제가 너무 급하게 잡아당겨서. 죄송해요. 오빠, 출발해요!"

유진은 매니저 영도에게 출발 사인을 보냈고, 밴은 길을 달리기 시작했다.

"아, 근데 우리 오늘 가는 곳 이름이 뭐예요?"

"음, 비밀이에요. 호호."

유진은 장난을 치고 싶은지 비밀이라고 말했다.

"그럼 거기 셰프님 성함은 뭐예요?"

"음, 그것도 비밀! 아무튼 엄청 맛있는 집이니까 걱정 마세요! 맛없으면 제가 시간 환불해 드릴게요."

"시간 환불이요?"

"네! 강 셰프님 시간 뺏은 만큼, 제 시간도 강 셰프님한테 쓰겠다는 거죠. 호호."

"하하하. 그럼 믿어볼게요."

호검은 문득 설마 김민기의 일식당으로 가는 건 아닐까 하는 생각이 들었다.

"근데, 하나만 대답해 줘요."

"뭔데요?"

"김… 민기 셰프님이 하는 일식당은 아니죠?"

호검의 물음에 유진이 눈을 동그랗게 뜨고 되물었다.

"어? 김민기 셰프님 아세요?"

*　　　*　　　*

"아, 안다기보다는… 그냥 이름은 아는 건데……. 근데, 정말 김민기 셰프님 일식당 가는 거예요?"

호검이 안절부절못하며 되물었다. 현재 김민기가 의심 가는 상황은 아니었지만, 혹시 또 몰랐다.

그리고 일단 이용혁과 친하다는 것 자체도 별로 마음에 들지 않아서 만나고 싶은 생각도 별로 없었다.

"아하. 김민기 셰프님 일식당도 맛있긴 한데, 지금 가는 데가 더 맛있어요."

"아, 그럼 지금 가는 일식당 셰프님은 누구신가요?"

호검은 안도의 한숨을 내 쉬고는 한결 밝아진 표정으로 물었다.

"아마 그렇게 유명하신 분은 아니라서 이름은 모르실 텐데… 〈복스시〉라고 이기복 셰프님이 하는 데예요. 거기는 식당이 좀 작고 아담한 편이라서 아는 사람들만 가는 그런 곳이랄까?"

유진은 어디 가는지는 안 말해준다고 한 게 장난이었는지 다시 묻자 순순히 말해주었다.

"아하, 그래요? 좋네요."

호검은 아담한 식당이라니 마음에 들었다. 뭔가 숨은 맛집일 것 같은 느낌이 들었던 것이다.

그리고 이름은 처음 들어보는 셰프라서 걱정 대신 호기심이 생겨났다.

"일본에서 배워 오신 거래요?"

"네, 그렇다고 들었어요. 일본은 세분화해서 라멘은 라멘만 팔고, 돈가스나 덮밥은 또 아예 따로 하고, 스시는 또 따로 하는 경우가 많잖아요? 그래서 여기 저기 다 배워본 다음에 가장 자신 있는 게 스시라서 스시집을 내셨대요."

"아하."

호검이 고개를 끄덕이며 유진의 설명을 들었다.

그리고 잠시 후, 매니저 영도가 도착을 알렸다.

"이제 좀 내려서 걸어가야 해요. 저기 안쪽 골목에 있거든요."

호검은 유진을 따라 밴에서 내렸다. 그런데 영도는 내리지 않고 밴에 그냥 타고 있었다.

"매니저님은 같이 안 가세요?"

호검이 유진에게 묻자, 유진이 웃으며 답했다.

"영도 오빠는 스시 별로 안 좋아해요. 아, 원래는 좋아했었는데, 몇 달 전에 먹고 크게 탈 난 적 있어서 요즘은 안 드세요. 가요."

유진은 앞장서서 골목을 걸어갔다.

골목을 따라 조금 걸어 들어가니 아주 작은 간판이 보였다.

간판이라고 해봤자 그냥 나무로 된 동그란 판에 손 글씨로 〈복스시〉라고만 써진 것이었지만 말이다.

"이거 간판도 잘 안 보이고, 정말 아는 사람들만 찾아오겠는데요?"

"사실 원래 간판도 없었어요. 이것도 사람들이 간판이라도 좀 하라고 하라고 해서 만드셨다고 하시더라고요. 아저씨, 저

왔어요!"

유진은 호검에게 설명을 해주며 가게 안으로 들어가더니 바로 주인인 기복에게 발랄하게 인사했다.

"오, 유진아, 왔어?"

기복과 유진은 꽤 친한지 기복도 편하게 유진을 맞았다.

호검은 그에게 살짝 고개를 숙여 인사를 하고 그의 인상을 살폈다.

기복은 50대 정도로 보였는데, 약간 살집도 있고 푸근한 인상에, 동그란 안경을 쓰고 있었다.

'되게 서글서글해 보이시네. 김민기 셰프랑은 완전 정반대의 이미지야.'

저번에 이용혁의 SNS에서 봤던 사진에서 김민기는 좀 마른 체형에 날카롭고 거만해 보였었다.

하지만 기복은 잘 웃어서 그런지 인상도 좋고, 성격이 유들유들해 보였다.

호검과 유진은 일명 스시 카운터라 불리는 셰프의 바로 앞자리에 앉았다.

스시 카운터는 셰프와 가장 가까운 자리로, 셰프와 교감하며 식사를 즐길 수 있는 자리였다.

"근데, 옆에 그 사람은 누구야? 혹시 남자친구?"

기복이 장난치듯 유진에게 물었다. 호검은 얼른 아니라고 대답을 하려했는데, 유진이 먼저 대답했다.

"에이, 아저씨도 참. 뭘 그런 걸 물으세요? 사생활은 비밀인 거 모르세요?"

유진은 아니라고 딱 잘라 말하지 않고 야릇한 대답을 했다.

'잉?'

호검은 의아한 눈빛으로 유진을 힐끗 쳐다보았다.

호검은 그렇다고 유진이 남자친구라고 대답한 것도 아니니 무어라 다시 설명하기도 애매해서 그냥 두었다.

"아하하. 알았어. 근데 낯이 익은데……."

기복은 알았다며 웃더니 호검을 쳐다보며 말했다. 그는 자신의 안경을 붙들고 눈을 더 크게 뜨고 호검을 뚫어져라 쳐다보았다.

"아, 강호검 셰프님이요. 텔레비전에 나오셨었죠. 중화요리 대결하는 프로그램에요! 천 셰프님 제자로 나오셨고, 1등 하셨어요."

"아! 나 한 번 본 적 있다! 그래서 낯이 익었구나."

"아저씨가 원래 텔레비전을 잘 안 보세요. 호호."

유진이 호검에게 슬쩍 알려주었고, 호검은 다시 정식으로 인사를 했다.

"안녕하세요. 강호검입니다."

"반가워, 난 이기복이야. 내가 지금 초밥을 만들어야 해서 악수는 다음에 하도록 하지."

"아, 네."

"그럼 중국 요리 잘하겠네?"

기복이 대뜸 물었다. 그러자 유진이 호검 대신 끼어들어 말했다.

"그럼요! 완전 잘하시죠. 이태리 요리도 수준급이에요!"

갑자기 유진이 호검의 자랑을 마구 시작했다.

"우리 강 셰프님은 두 손으로 웍도 같이 막 돌리고요, 칼질도 엄청 잘해서 칼질 달인이에요. 그리고 이태리 요리도 잘하셔서 이태리 요리 대회에서 1등도 하시고 그랬어요."

마침 아직 이른 시간이라 손님이 아무도 없었기에 망정이지 다른 사람들이 더 있었다면 아주 민망할 뻔했다.

호검이 민망해서 어색한 웃음을 짓고 있는데, 기복이 웃으며 넌지시 유진을 떠봤다.

"아, 그래? 그럼 요셰남이라서 유진이가 넘어간 거야?"

이번엔 호검이 얼른 나서서 대답했다.

"아, 아닙니다. 저는 유진 씨가 이번에 드라마에서 이태리요리사 역할을 맡으셨다고 하셔서 이태리 요리를 가르쳐 드리고 있어요."

"아, 그렇군. 그럼 뭐 가르쳐 주면서 정들 수도 있겠네. 하하하. 유진아, 오늘도 A코스 먹을 거야?"

"호호호. 네!"

기복은 원래 농담도 잘하고, 사람들을 스스럼없이 대하는 사람인 듯했다. 그걸 유진도 알고 있어서 그저 서로 농담을 주고받는 듯 대화를 하는 것 같았다.

"아, 호검 씨는 뭐 드실래요?"

"전 뭐, 스시는 잘 몰라서……. 유진 씨가 추천해 주는 거 먹을게요."

"그럼, 전 A코스 추천이요! 그거 맛있어요. 회랑 스시 조금씩 나오는 거예요. 여러 가지 맛볼 수 있어서 좋아요."

"네, 저도 그럼 A코스요."

호검의 말을 들은 기복이 안쪽 주방에 소리쳤다.

"A코스 둘이란다! 준비해 와!"

그러자 안쪽에서 대답이 들려왔다.

"네!"

〈복스시〉에는 이기복을 보조하는 아들과 부인이 있었다. 부인은 주방에서 잡일을 보는 것 같았고, 아들은 재료들을 준비해 주고 기복에게 스시 만드는 것도 배우는 것 같았다.

곧 이기복의 아들은 녹차와 초생강을 내어주었다.

그러고 나서 가장 처음에 나온 건 컵에 든 계란찜이었다.

"이거 계란찜이죠?"

호검이 숟가락을 들며 유진에게 물었다.

"호호, 네. 일본식 계란찜인 셈이에요. 여기선 차완무시라고 하고요."

"아하. 제가 일식은 정말 몰라요. 사실 이태리 요리나 중식도 아무것도 모르고 시작했어요. 하하하."

호검은 조금 멋쩍은 듯 웃었는데, 호검의 말을 들은 이기복이 물었다.

"그럼 일식집은 처음 와본 거야?"

"네, 처음이에요."

"오, 알았어. 그럼 내가 하나씩 나올 때마다 설명을 해줄게. 일단 그거 먹어. 아까 유진이 말했다시피 그건 차완무시라고 하는 거고, 계란보다 다시물(육수)을 더 많이 넣어서 한국식 계란찜보다 훨씬 부드러울 거야."

"감사합니다. 맛있겠네요."

호검은 기복에게 고마워하며 차완무시를 한 숟갈 떠먹어 보았다. 그러고는 눈이 커져서 기복을 쳐다보았다.

"와, 이거 정말 부드럽네요. 음, 우리 계란두부 쪄냈을 때 그런 느낌 비슷해요. 순두부 같은 느낌의 계란이에요."

차완무시는 감칠맛도 나면서 뭔가 한국식 계란찜과는 전혀 다른 느낌이었다.

"그쵸? 에피타이저로 딱이에요. 호호. 전 무슨 푸딩 같아서 좋아해요."

유진도 웃으며 동의했고, 기복은 뿌듯한 표정으로 이제 다음 요리로 나갈 회를 뜨기 시작했다.

다음으로 나온 사시미는 기복이 쥐치라고 알려주었는데 무슨 하얀 소스를 함께 내주었다.

"이건 무슨 소스에요?"

"아, 이건 요 쥐치의 키모, 그러니까 간으로 만든 소스야. 듬뿍 찍어 먹어봐."

호검은 간으로 만든 소스라니 굉장히 맛이 궁금해서 얼른 쥐치에 소스를 듬뿍 찍어 입에 넣었다.

소스는 고소하면서 살짝 짭조름 한 것이 굉장히 맛있었다.

"맛있네요. 제가 먹어본 회는 다 초장에 찍어 먹는 것들이 대부분이어서 사실 다 초장 맛이었거든요. 근데 요건 정말 다르네요."

"에이, 뭐든 초장 찍으면 다 초장 맛이지. 왜 그런 말 있잖아. 신발도 초장 찍으면 초장 맛이다, 그런 말."

"어? 튀김은 신발을 튀겨도 맛있다 아니고요? 전 그것만 들어봤는데?"

기복의 말에 유진이 끼어들어 물었다.

"그럼 그 말도 있고, 이 말도 있는 거 아냐? 하하하."

"호호호, 그런가 봐요."

호검은 둘의 대화가 재미있어서 옆에서 웃으며 그들을 쳐다보았다.

기복은 누가 어떤 말을 해도 잘 받아주는 사람 같아 보였다.

'사람들이 굉장히 좋아하겠다. 이렇게 편안한 셰프님이라니.'

특히 여기는 공간도 작고, 바로 앞에서 셰프가 바로바로 회를 뜨거나 초밥을 만들어 주기 때문에 셰프가 편안한 느낌을 주는 것이 중요해 보였다.

그때, 갑자기 문이 열리는 소리가 들렸다.

"아이고, 서 대리, 왔어?"

"네, 이번엔 친구 데려왔어요. 오 근데, 벌써 손님이… 어? 홍, 홍유진 씨?"

유진이 자신을 알아본 서 대리에게 살짝 묵례를 했다.

"내가 우리 단골이라고 했었잖아."

"전 농담이신 줄 알았는데! 와, 너무 예쁘세요. 팬이에요!"

서 대리는 유진에게서 눈을 떼지 못하고 뚫어져라 쳐다보다가 정신을 차리려는 듯 고개를 저었다.

그리고 그제야 옆에 있던 호검을 힐끗 쳐다보았다.

그러다니 또 소리쳤다.

"엇! 근데 이분은 또, 혹시 그 천 셰프님 제자로 나오신?"

"오, 강 셰프 알아? 다들 알아보는구나."

"그럼요! 칼질에 훠 막 돌리고, 요리도 신선하고. 천재 요리

사시잖아요!"

"아니, 그 정도야? 난 텔레비전에 나온 걸 한 번밖에 못 봐서 몰랐네."

기복은 놀라워하며 호검을 쳐다보았고, 서 대리는 얼른 호검에게 악수를 청했다.

"안녕하세요. 하하."

호검도 잠시 자리에서 일어나 악수를 나누며 인사를 했다.

"이런 데서 유명인 두 분을 뵈니까 신기하네요. 하하하. 두 분이 같이 오신 거 맞죠?"

서 대리는 신기하다면서 살짝 의아해하는 눈치였다. 유명 여배우와 셰프가 단둘이 점심을 먹고 있으니 뭔가 둘 사이를 의심하는 듯했다.

"유진이가 강 셰프한테 요리 배운대. 요번에 요리 드라마 캐스팅됐잖아. 알지?"

기복이 자연스럽게 둘 사이를 해명해 주었다.

"아, 그래서 두 분이 같이 오셨구나."

서 대리는 의심을 거두고 친구와 함께 구석 쪽에 자리를 잡고 앉았고, 호검과 유진은 식사를 이어갔다.

쥐치 다음으로는 양념한 북방조개구이와, 참치와, 파꼬치구이, 초절임고등어김말이, 관자조림 등이 나왔는데, 호검은 다 처음 먹어보는 것들이었다.

북방조개구이는 생강을 넣은 간장을 발라 구운 것 같았는데, 은은한 생강향이 좋았고, 초절임 고등어는 정말 태어나서 처음 먹어보는 맛이었다.

물론 여기서 먹은 대부분의 음식이 호검이 태어나서 처음 먹어보는 것들이었지만, 고등어를 초절임해서 먹는다는 게 정말 신기했다.

그런데도 이제까지 먹어온 고등어들보다 훨씬 맛있다는 게 더욱 신기했다.

고등어는 회로 먹기엔 굉장히 비릴 것 같았는데, 전혀 그렇지 않고 맛있었다.

그리고 이어서 스시가 나오기 시작했는데, 참치뱃살을 시작으로 광어, 연어, 전복, 보리새우, 방어, 장어 등 10여 가지가 넘는 스시가 나왔다.

기복은 하나하나 스시를 내주면서 어떤 생선인지 말해주었고 호검은 생선을 잘 살피며 기억해 두었다.

"어때요?"

유진이 스시를 거의 다 먹고 나서 슬쩍 호검에게 속삭였다.

"진짜 맛있어요."

호검이 처음 먹어봐서 맛있다고 느끼는 건지 모르겠지만, 일단 생선들이 비린 맛도 없고 부드럽고 간도 딱 맞았다.

"그쵸? 호호. 다행이다."

유진이 좋아하며 웃었고, 호검은 스시 종류 말고도 다른 일본 요리도 맛보고 싶은 생각이 들었다. 그래서 기복에게 물었다.

"저, 셰프님, 스시 말고 다른 요리는 안 파시는 거예요?"

"음……."

기복이 뭔가 대답을 하려는데, 갑자기 호검의 휴대폰이 울렸다.

"아, 죄송해요. 전화 좀……."

호검은 수제자가 결정되었다는 연락이 오길 기다리고 있던 터라 얼른 휴대폰을 꺼내 보았다.

그런데 전화는 학수가 아니라 김 피디였다.

'김 피디님이네? 무슨 일이시지?'

호검이 고개를 갸웃거리며 전화를 받았다.

* * *

"네, 피디님. 안녕하세요!"

—강 셰프, 통화 가능한가요? 할 얘기가 있어서 전화했어요. 전해줄 말도 있고.

호검은 잠시 밖으로 나가면서 대답했다.

"네, 말씀하세요."

—먼저, 강 셰프 출연본 첫 방에 내보내기로 했어요. 그래서 이번 주에 방송 나가요. 잘됐죠? 뭐든 첫 방송에 나오는 건 좋은 거예요. 하하하.

원래 3화에 나간다고 했던 게 첫 화에 나온다니 호검은 의아했다. 하지만 그럴 만한 사정이 있나 보다 하고 넘겼다.

"아, 그래요? 감사합니다."

—셋이 아주 합이 좋아서 다들 이걸 첫 방송으로 하자고 해서 말이에요. 하하하. 내 생각도 그렇고.

김 피디는 호검이 궁금한 걸 알았는지 간단히 이유를 설명했다.

"아하. 저도 녹화하면서 잘 맞아서 편하게 촬영했어요."

—참, 그리고 이건 확정은 아닌데…….

김 피디는 이어 조심스럽게 물었다.

—우리 〈셰프의 비법〉 방송 좀 잘되면 셰프들 모아서 특집을 할까 해요. 그거 하면 강 셰프는 나와줄 수 있어요?

호검이야 이제는 방송을 마다할 이유가 없었다. 방송에 얼굴을 비춘 이상 계속해서 인지도를 높이는 게 그의 신상에 오히려 더 좋을 테니까.

"시간만 맞으면, 저야 뭐 불러주시면 감사하죠. 좋습니다."

—시간은 조율하면 되는 문제니까, 일단 오케이한 걸로 알고 있을게요.

"네, 알겠습니다."

—하하하. 고마워요. 확정되면 또 연락 줄게요.

김 피디는 웃으며 전화를 끊었고, 호검은 얼른 다시 스시집 안으로 들어갔다.

"아, 죄송해요. 어디까지 얘기했었죠? 음, 아! 스시 말고 다른 요리는 안 파시는지 제가 여쭤봤었죠?"

호검이 기복에게 다시 물었다. 그러자 기복이 빙긋 웃으며 턱으로 호검의 앞을 가리켰다.

"어? 이건 뭐예요?"

호검이 전화 통화를 하는 사이 다음 요리가 나와 있었다.

"도미꼬리조림이야."

"아, 스시 말고 조림도 하시는 거예요?"

"따로 팔지는 않는데, 요 스시 코스에 들어가 있는 거지. 나랑 아들이랑 만드니까 너무 다양하게 하기도 그렇고 해서, 여기 A, B, C 코스로만 정해서 파는 거야."

"아… 그렇군요."

도미꼬리조림은 도미회를 뜨고 남은 꼬리 부분을 간장으로 조려낸 것인데 호검이 젓가락으로 살을 떠보니 꽤 살점이 두툼했다.

호검은 일단 도미꼬리조림을 맛보았다.

"와, 이거 엄청 맛있네요! 쫄깃하면서도 부드럽고, 감칠맛도 있고요. 스시만 잘 만드시는 게 아니시구나, 역시."

호검이 고개를 끄덕이며 맛을 칭찬하고 있는데 기복의 아들이 주방에서 나오더니 호검과 유진 앞에 튀김을 내려놓았다.

"우리 집 덴푸라도 맛있어요. 여기요."

단호박, 새우, 가지튀김이 피라미드 모양으로 세워져 접시에 올라가 있었는데, 튀김옷이 굉장히 얇고 바삭해 보였다.

"맞아요. 되게 바삭하고 가벼운 느낌이라 느끼함이 없어요. 아, 아저씨, 메밀소바도 같이 주세요! 전 튀김 한 입 먹고, 메밀소바 한 입 먹고 그렇게 먹어야 맛있단 말이에요, 호호."

"아하하, 그래? 잠깐만."

기복은 얼른 주방에 들어가더니 메밀소바를 가지고 나왔다.

"자, 여기. 강 셰프도 같이 먹어봐. 유진이가 맛있다니까."

유진은 고개를 끄덕이며 호검을 쳐다보았다.

"네, 알겠어요."

유진은 얼른 새우튀김부터 레몬소금에 살짝 찍어 입에 넣었다. 호검은 소금에 튀김을 찍어 먹어본 적은 없어서 그 모습이 생소했지만, 자연스럽게 유진을 따라 새우튀김을 소금에 찍었다.

한입 베어 물자, 곧바로 와사삭 하는 소리가 터져 나왔다.

일식 튀김은 중국의 튀김과는 확실히 느낌이 달랐다. 튀김옷도 얇고 더 바삭했다. 그래서 좀 가벼운 맛은 있지만 반면 더 담백한 느낌이었다.

새우튀김을 한입 베어 문 유진은 이제 메밀소바를 한 젓가락 입에 넣었다.

호로록.

호검도 따라 메밀소바를 호로록 흡입했다.

바삭하고 고소한 튀김에 이어 시원하고 쫄깃한 메밀소바가 입속으로 훅 들어왔다.

"이거 메밀소바 먹으니까 또 튀김이 먹고 싶네요."

"그죠? 그럼 또 튀김을 한입 먹는 거예요. 근데 그럼 또 소바가 먹고 싶고, 이게 무한 반복! 그러니까 이게 바로 맛있게 먹는 법이라니까요."

호검은 튀김을 와사삭 씹으며 유진의 말에 동의한다는 듯 고개를 끄덕였다.

유진은 배가 부르다면서도 메밀소바와 튀김을 싹 비웠다.

"아아, 영도 오빠가 알면 난리 나겠다. 다이어트해야 되는데……. 오늘 너무 많이 먹어서 내일은 굶어야겠어요."

"유진 씨가 뺄 살이 어디 있어요? 지금도 이렇게 마르셨는데."

"아이, 사실 숨겨진 속살도 많고… 그리고 화면에는 부어 보이게 나오거든요. 흑흑."

유진이 장난으로 우는 척을 잠시 하더니 배시시 웃었다.

그 모습이 꼭 천진난만한 아이 같았다.

'귀여워.'

호검도 그런 그녀를 보고 피식 웃었다. 그때, 기복이 큐브 모양의 카스텔라를 내주며 말했다.

"자, 수미쌍관! 계란으로 시작해서 계란으로 끝납니다."

"이게 계란이에요? 카스텔라 빵 같은데……."

"카스텔라 형식의 교쿠야. 교쿠는 원래 다시마키의 은어야. 근데 우리나라에서는 교쿠라고 하면 거의 카스텔라 같은 계란구이를 말하고, 다시마키는 계란을 말아서 만든 걸 말하더라고. 아무튼, 그건 달걀에 새우, 산마 등을 넣고 약불로 구워낸 거야. 이거 잘 만드는 집 드물어. 우리 아들도 이거 한 1년 부쳐서 이제야 좀 잘하는 편이거든."

"1년이나요?"

호검이 놀라서 되물었다. 무슨 도를 닦는 것도 아니고, 계란구이 하나 만드는 데 1년이나 연습해야 한다니.

"이거도 빠른 거야. 일본의 스시 장인 집 같은 데서는 3년 동안 이것만 하기도 해. 하하하."

"오! 엄청난 기술이 필요한가 봐요. 근데 진짜 카스텔라 같다……."

호검은 교쿠를 한입에 쏙 넣었다.

교쿠는 카스텔라처럼 보였지만, 입에 넣으니 쫀득한 느낌에, 연한 단맛과 고소한 새우 맛이 났다.

"전 카스텔라 달아서 별로 안 좋아하는데, 이건 아주 살짝 달 듯 말 듯한 게 딱 제 입맛이에요. 맛있다……."

"전 여기에 생크림 얹어 먹고 싶은데. 전 단거 좋아하거든요, 호호호."

유진이 웃으며 말했다.

'수정이도 달콤한 거 좋아하는데, 대부분 여자들은 단걸 좋아하나보구나. 하긴, 단 거 먹으면 스트레스가 확 날아가긴 하지. 근데 난 딱 이 정도가 좋아.'

호검은 교쿠가 너무 맛있어서 이걸 직접 만들어 먹고 싶었다. 그런데 이렇게 구우려면 1년은 걸린다니 참 난감한 일이었다.

'이따가 일본 요리 마스터 양피지에 이거 있나 확인해 봐야겠다. 뭔가 빨리 배우는 비법이 있을지도 몰라.'

호검은 김완덕의 마스터 양피지에 분명히 이 레시피가 있을 것이라 생각했다.

이렇게 코스 요리를 모두 먹고 나자 정말 배가 불렀다.

"으아, 정말 잘 먹었습니다!"

"아저씨, 진짜 맛있게 잘 먹었어요."

호검이 돈을 내려고 했지만, 유진은 자신이 데려온 거니 자기가 사겠다며 기어코 자기가 돈을 냈다.

"제가 사드려야 하는데……."

호검이 미안해하자, 유진이 웃으며 말했다.

"아니에요. 제가 사드려야죠."

"얻어먹기 죄송하네요."

"음, 그럼 다음엔 강 셰프님이 밥 한번 사주세요. 호호. 그럼 됐죠?"

"네, 알겠어요. 그렇게 하죠. 오늘 덕분에 정말 맛있게 먹었어요."

호검은 유진의 제안을 받아들였다.

유진은 호검을 집에 태워다 주었고, 호검은 너무 배가 불러서 집에 들어오자마자 침대에 벌러덩 누워 버렸다.

'아, 너무 많이 먹었나? 졸리다…….'

호검은 식곤증이 밀려와서 스르르 눈이 감겼다.

그러나 호검이 막 잠이 들려는 찰나, 전화가 왔다.

호검은 몽롱한 상태로 전화를 받았다.

"여, 여보세요?"

―호검아! 나야!

"재석이 형?"

—어! 나…….

재석의 목소리를 듣자, 호겸은 불현듯 오늘 수제자 선발전이 있었던 사실이 떠올랐다.

그는 눈을 번쩍 뜨고 침대에서 벌떡 일어나 앉았다.

"어, 형! 어떻게 됐어요?"

—나, 나, 뽑혔어! 나 천 셰프님 수제자 됐다고!!

"와, 잘됐네요! 축하해요! 그럼 형 혼자만 된 거예요?"

—응. 그렇게 됐네?

"아, 그럼 바로 수제자 수업 하신대요?"

—아니, 지금 우리 식당이 너무 바쁘잖아. 그래서 천 셰프님이 좀 천천히 가르쳐 주신다고 양해해 달라고 하시더라고. 나야, 뭐. 어차피 주방에서 일하는 것도 다 배우는 거니까 상관없다고 했지. 하하하.

재석은 수제자로 뽑혔다는 사실만으로도 너무나 기쁜 듯했다.

"하긴, 그래요. 다시 한 번 축하해요. 아, 오늘 축하 파티라도 할까요?"

—고마워. 근데 오늘은 좀 피곤해서, 다음에 하자.

"네, 그래요."

호겸은 재석을 실컷 축하해 주고 전화를 끊었다.

'아, 잘됐다! 재석이 형이라면 믿을 만하지.'

호검은 자신이 곧 아린을 좀 떠나 있어야 하는데, 대신 재석이 학수의 수제자로 있게 된다고 하니 마음이 좀 놓였다.

* * *

며칠 후 일요일.

학수는 호검이 조경환이 한다는 〈소울푸드〉에 간다고 하니 시간을 빼주었고, 호검은 정국과 아침부터 〈소울푸드〉에 갈 준비를 하고 있었다.

"야, 어때?"

호검이 네모난 뿔테 안경을 끼고는 정국에게 물었다.

"음, 그거 왠지 멋있는 거 같아. 안 되겠어. 이거 끼어봐."

지금 호검은 혹시 몰라서 변장을 하는 중이었다.

"그렇지, 멋있으면 안 되지. 큭."

호검은 네모난 뿔테 안경을 벗고 정국이 건넨 동그란 뿔테 안경을 썼다.

"어때?"

"범생이처럼 보인다. 괜찮아. 그리고 이 남색 캡 모자 써. 그럼 못 알아볼 거야."

"오케이."

호검은 간단히 변장을 하고 정국과 함께 집을 나섰다.

둘은 이번에도 버스 맨 뒷자리에 앉아 〈소울푸드〉로 가는 길 내내 수다를 떨었다.

화제는 단연 어제 첫 방송을 한 〈셰프의 비법〉이었다.

"시청자들 반응도 장난 아니었잖아. 게시판에 글 폭발이었지. 오늘 아침에 보니까 더 늘었더라고! 검색어 1위도 잠깐 하고. 나랑 친한 사람 이름이 포털 사이트 검색어에 오르니까 기분 진짜 이상하더라."

"야, 내 이름이 검색어에 오른 게 그렇게 신기했냐? 어젯밤에도 얘기하고, 오늘 아침에 일어나자마자도 얘기했잖아."

"응. 너무 신기해. 자랑스럽고! 하하하. 난 막 계속 얘기하고 싶어."

정국은 자랑스럽다면서 호검의 어깨에 팔을 둘렀다. 그러고는 속삭였다.

"근데 사실 오늘 같은 날은 변장을 하지 말고 얼굴을 딱 드러내야 저번처럼 여고생들이 오빠 오빠 하면서 알아보고 좋아할 텐데. 안 그러냐?"

"알아보면 민망하고 부담스러워. 변장하니까 속 편하고 좋다."

"에이, 즐겨! 너 앞으로 더 알아보는 사람 많아질 테니까. 하하."

정국은 호검이 인기 있어지는 것을 마치 자기 일처럼 기뻐했다.

호검은 가족도 친척도 없는데 정국이라도 있어서 굉장히 의지가 되었다. 이렇게 함께 기뻐해 주는 사람이 있다는 건 참 기분 좋은 일이었다.

버스는 한 30분쯤 달려 〈소울푸드〉 근처 버스 정류장에 도착했다.

〈소울푸드〉는 어느 높은 빌딩의 8층에 자리하고 있었기에 호검과 정국은 엘리베이터를 타고 8층으로 올라갔다.

"와, 진짜 넓다! 먹을 거 진짜 많겠다!"

정국은 〈소울푸드〉 안으로 들어가면서 감탄사를 내뱉었다. 호검과 정국은 일단 테이블 좌석에 가방을 놓아두고 음식들을 둘러보기 시작했다.

〈소울푸드〉는 한식 뷔페로 알려져 있었지만, 중식이나 튀김류도 꽤 여러 가지가 준비되어 있었다.

"야, 찹쌀탕수육 있다! 저기 순살치킨도 있고! 고기도 오리고기, 닭고기, 불고기, 제육볶음 다 있어! 오늘 배 터지겠는데? 흐흐."

정국은 행복한 얼굴로 접시에 주로 고기들을 담았다.

호검은 접시를 들고 가장 먼저 보쌈을 찾아다녔다.

'여기 있다!'

보쌈고기는 마르지 않도록 덮개가 씌워져 있었고, 그 바로 옆에는 보쌈김치가 놓여 있었다. 호검은 얼른 보쌈고기와 보쌈김치를 담았다. 그는 그것만 담아서 자리로 돌아왔고, 바로 젓가락을 들었다.

'어디 보쌈 맛 한번 볼까?'

호검은 우선 김치와 함께 먹지 않고 보쌈만 입에 넣었다.

'어? 이 맛은…….'

그사이 정국이 돌아와 호검이 보쌈을 입에 넣은 것을 보고는 얼른 물었다.

"맛이 어때?"

* * *

호검은 잠시 아무 말 없이 우물우물 보쌈고기를 씹었다.

"맛이 어떠냐니까?"

정국이 궁금한지 호검을 다그쳤다.

곧 호검은 보쌈을 꿀꺽 삼키더니 마침내 입을 열었다.

"맛있어. 괜찮네."

"네가 만든 보쌈이랑 맛이 비슷하진 않아?"

정국은 답답하다는 듯 물었다.

"음, 아니. 우리집 보쌈이랑 맛은 다른데, 맛은 있어. 한약재가 많이 들어간 거 같은데? 감초, 황기, 생강……. 더 들어간

게 있는 거 같은데, 내가 한약을 먹어봤어야 다 알지……. 쩝."

절대미각인 호검도 자신이 안 먹어본 맛을 알 수는 없었다. 그나마 감초와 황기는 삼계탕에 들어갔었기에 그 맛을 알고 있었던 것이다.

"으잉? 그래? 그럼 어디 나도……."

정국은 고개를 갸웃거리더니 호검의 접시에 있던 보쌈고기 하나를 집어 입에 넣었다.

"으음. 그러네. 너네 집 보쌈 맛이랑은 다르긴 해."

정국이 고개를 끄덕였다.

"근데 그럼 의심 안 해도 되나? 너네 보쌈집 망한 거랑 상관 없는 건가? 난 이 사람이 너네 보쌈 비법을 몰래 빼낸 다음에 너네 보쌈집 망하게 한 건 줄 알았는데?!"

정국은 혼자 과도하게 상상의 나래를 편 모양이었다.

사실 호검도 그런 생각을 전혀 하지 않은 건 아니었다. 하지만 어쨌든 보쌈 맛은 호검이 만든 것과는 달랐으니 이 상상은 틀렸다.

"음, 뭐 보쌈 맛이 달라도 일단 안대기랑 친분이 있으니까 계속 주시는 해야겠지……? 근데 내가 무슨 탐정도 아니고 어떻게 조사를 하지……."

호검은 무작정 보쌈 맛을 확인하러 여기 오긴 했는데, 보쌈 맛이 다르다는 것을 확인하고 나니 다음으로 뭘 어떻게 조사해야 할지 막막해졌다.

“야, 일단 뷔페 왔으니까 먹어. 먹다 보면 또 생각이 날지도 모르고.”

정국은 자신이 가져온 음식이 가득 담긴 접시 두 개를 번갈아 쳐다보며 말했다. 그는 군침을 흘리며 무엇부터 먹을지 고민하는 듯했다. 그러더니 그중에서 가장 먼저 갈비를 집었다.

“오, 갈비 맛있네! 너도 먹어봐.”

정국이 갈비를 먹으면서 호검에게 권했다. 그런데 호검이 걱정스러운 표정으로 생각에 잠겨 있자, 갈빗살 하나를 호검의 입에 쑤셔 넣어주며 말했다.

“야야, 일단 먹으라니까. 먹어야 힘내서 조사도 하고 하지. 그리고 너무 마음을 조급하게 가지지 마. 음… 지금까지로 봐서는 네가 열심히 요리를 배워 나가면서 하나씩 단서가 나오고 있잖아? 그러니까 그냥 열심히 방송도 하고, 요리도 하고, 사람도 만나고 하다 보면 다 밝혀지지 않을까? 안 그래?”

정국의 말은 일리가 있었다.

호검은 아버지의 뜻에 따라 여러 요리사들에게 요리를 배우면서 많은 사람들을 만났다. 유명 호텔 회장, 외교부 장관 등등. 그들은 호검에게 도움도 많이 되었는데, 그중에서도 가장 도움이 많이 된 사람은 바로 천학수였다.

학수는 호검에게 요리를 가르쳐 줬을 뿐만 아니라 학수네

식당에서 일하면서 이용혁에 대한 단서가 풀리고 진짜 꼬리인 안대기까지 알게 된 것이다.

이건 호검이 요리를 배워가면서 하나씩 저절로 풀린 일들이었다.

"그건 그러네. 꿈을 향해 가다 보면 그 길에 단서가 있을 거야."

호검이 이제야 인상을 좀 풀고는 갈비를 씹기 시작했다.

"그래! 그리고 너네 아버지가 그렇게 되도록 하늘에서 도와주실 거라니까! 너네 아버지가 널 얼마나 사랑하셨는데."

정국은 참 긍정적이었다. 물론 호검에겐 긍정적인 일들만 계속 일어나고 있긴 했다. 그래서 앞으로도 긍정적인 미래를 꿈꿀 수 있을 것 같았다.

"그래, 아버지를 믿고, 먹자!"

"그래! 자, 여기!"

정국은 호검에게 자신이 가져온 음식들을 먹어보라며 내밀었고, 호검과 정국은 음식을 함께 먹기 시작했다.

그런데 그때, 바로 옆 테이블에서 부부가 대화하는 소리가 들렸다.

"여보, 이 중에 뭐가 제일 맛있어요?"

"난 이 보쌈. 고기가 아주 야들야들하고 담백하고 맛있어."

"소문에 이 보쌈 만들 때 양혜석 명장이 비법을 몇 가지 알려줬다던데, 알죠? 양혜석 명장."

양혜석 명장이라는 소리에 정국과 호검은 눈을 서로 마주치고는 씹기를 멈췄다. 그리고 그들의 대화에 귀를 기울였다.

"청와대 주방장 아니야?"

"응, 맞아요."

"근데 왜 양혜석 명장의 보쌈이라고 표시를 안 해놨지? 다들 홍보하려고 그런 거 막 써 붙여놓던데?"

남편은 의아하다는 듯 아내에게 물었다. 그러자 아내가 짐작해서 대답했다.

"완전 다 알려준 건 아니겠죠. 자기 비법인데. 궁중 보쌈 비법을 다 알려줬겠어요? 그러니까 양혜석 명장의 보쌈이라고 하기엔 애매했겠죠."

"하긴, 그렇겠네. 아무튼 맛있어."

"그럼 내 것도 더 먹어요. 난 배불러요."

"그래!"

남편은 다시 보쌈을 먹기 시작했고, 아내는 디저트를 가지러 간다며 자리에서 일어섰다.

그리고 호검과 정국은 멈춰 있던 입을 다시 우물거리기 시작했다. 입안의 음식이 다 사라지자 정국이 호검에게 속삭였다.

"야, 들었지? 이거 양혜석 명장이 비법 몇 가지를 알려준 거래."

"어, 들었어. 양혜석 명장 솜씨가 좋긴 하네. 비법을 다 알려준 게 아니라는데 이 정도인 거 보니. 하지만!"

"하지만?"

"우리 집 보쌈이 더 맛있지 않냐, 솔직히?"

"어, 솔직히 네가 만든 게 더 맛있어. 큭."

"역시 친구밖에 없다!"

호검은 정국의 대답에 활짝 웃으며 말했고, 정국은 당연하다는 듯 고개를 끄덕였다.

"그럼, 그럼. 근데, 진짜야. 네가 만든 보쌈이 더 맛있어. 나 되게 냉정한 사람이다? 이런 평가는 칼 같은 사람이지. 하하."

"오, 미식가 선생님, 앞으로도 잘 부탁드립니다."

"그래, 요리 잘 만들어서 대령해. 이 오 미식가님이 냉철하게 평가해 줄 테니까. 하핫."

둘은 주거니 받거니 하며 농담을 했다. 그러다 목소리가 점점 커지는 것 같자, 호검이 얼른 검지를 입에 가져다 대며 속삭였다.

"야, 조용히 하자. 이러다 괜히 주목받으면 안 돼. 알잖아, 나 사람들이 알아보면 곤란해."

"알았어, 알았어."

호검은 정국을 조용히 시키더니 자리에서 벌떡 일어났다.

"난 다른 거 더 가져올게. 넌 먹고 있어."

"응."

호검은 첫 접시에 보쌈만 담아 왔기에 이번엔 다양한 다른 음식들을 가득 담아 자리로 돌아왔다. 그리고 본격적으로 음식을 흡입하기 시작했다.

이제 둘 사이에는 음식을 씹는 소리와 음식을 넘기는 소리만 들리고 있었다.

그런데 이번엔 호검의 뒤쪽 테이블에 앉은 여자들이 말하는 소리가 들려왔다.

"아! 이 탕수육 보니까 어제 그 꿔바로우 생각난다! 너 어제 〈셰프의 비법〉인가, 새로 하는 프로그램 봤어?"

"너도 봤구나, 그거! 난 찬성 오빠 보려고 봤는데, 강 셰프 오빠도 멋있더라!"

정국이 그녀들의 말에 씨익 웃으며 호검을 쳐다보았다.

'그 강 셰프 오빠 여기 있는데!'

호검을 보고 오빠라고 하는 걸로 봐서 그녀들은 20대 초반 대학생인 것 같았다.

'강 셰프면 강 셰프고, 호검 오빠면 호검 오빠지, 강 셰프 오빠라니. 큭.'

호검도 피식 웃으며 그녀들의 말에 귀를 기울였다.

"그치, 그치? 찬성 오빠는 귀엽고, 강 셰프님은 완전 자상해."

"맞아! 둘이 완전 브로맨스! 브로맨스! 꺄아!"

둘은 호검과 정국의 귀에 다 들릴 정도로 큰 목소리로 호들갑을 떨었다.

"참, 강 셰프님은 멋있는 것뿐만 아니라, 요리도 완전 잘해! 칼질 봤지?"

"어! 튀기는 거 봤지?"

"어! 소스 막 웍 돌리면서 만드는 거 봤지?"

"어! 대박, 대박!"

두 여대생은 서로 주거니 받거니 하며 신나게 호검에 대해 얘기하더니, 그중 한 명이 단호하게 말했다.

"내가 감히 예언하건대, 제2의 이선우가 될 거야! 강 셰프님 말이야."

그녀의 말에 정국이 눈을 동그랗게 뜨고 호검을 쳐다보았고, 호검 또한 놀란 표정을 지었다.

"오호. 맞아. 내 생각도 그래. 사실 이선우보다 키도 더 크고 멋있는 거 같아. 음, 뭐랄까, 이선우는 약간 거만한 느낌 있잖아. 근데 강 셰프 오빠는 어제 보니까 완전 다정다감에, 겸손하고……."

"웅! 근데 계속 안 나오나?"

"매번 다른 셰프 나온다는 거 같던데? 근데 게시판에 막 고정하라고 난리긴 하더라. 고정하면 좋겠다! 그치?"

"응응!"

그녀들의 말투에서 하트가 묻어 나오는 것 같은 느낌이었다. 이어 그녀들은 호겸이 만든 음식을 먹어보고 싶다면서 조만간 〈아린〉에 갈 약속을 잡았다.

그녀들의 이야기가 다른 쪽으로 흘러가자, 드디어 정국이 입을 열었다.

"야, 너 진짜 쟤들 말대로 되는 거 아냐?"

"에이, 무슨……."

그때, 테이블 위에 올려놓은 호겸의 휴대폰이 부르르 몸을 떨기 시작했다.

위이이잉. 위이이잉.

호겸이 휴대폰을 열어보니 화면에 '스승님'이라고 떠 있었다. 학수가 오늘은 하루 종일 안 나와도 된다고 했었는데, 갑자기 전화를 하니 호겸은 무슨 일이 생겼나 싶었다.

"네, 스승님! 〈아린〉에 무슨 일 있어요?"

—호겸아, 난리 났다. 너 어제 방송 나왔다며?

"아, 네. 저번에 찍었던 방송이 빨리 나오게 됐어요. 근데 왜요?"

—왜긴 왜야! 지금 여기 너 본다고 팬들 엄청 몰려왔어! 어떡하지?

"네에?"

—잠깐 와서 얼굴이라도 비출래? 막 지방에서 보러 왔다는 사람도 있고, 네가 만든 요리 찾는 사람도 있고 그런데…….

"알겠어요. 1시간 내로 갈게요."

호검은 괜히 〈아린〉에 피해를 줄까 봐 자신이 가겠다고 했다.

전화를 끊자 정국이 물었다.

"왜? 〈아린〉에 무슨 일 있대?"

"어, 어제 방송보고 팬들이 엄청 왔다는데?"

"헐. 너 오늘 진짜 변장 안 했으면 큰일 날 뻔했다. 그래서 다시 가겠다고 한 거야?"

"응. 우리 빨리 먹자. 나 바로 〈아린〉 가봐야 할 거 같아서."

"오케이! 팬 서비스 해줘야 인기 유지가 되지."

정국은 얼른 자리에서 일어나더니 빠른 걸음으로 다시 음식들을 담으러 갔다.

30분 후, 호검은 점심 식사를 마치고 곧바로 〈아린〉으로 출발했다.

〈아린〉에 도착하자, 〈아린〉 앞에는 평소보다 훨씬 많은 사람들이 몰려와 그 앞이 사람들로 바글바글했다. 특히 여자들이 많이 눈에 띄었다.

호검은 주방 뒷문으로 들어가려다가 자신이 변장을 하고

있다는 사실이 떠올랐다.

"아차! 이거 변장이 먹히려면 지금은 변장을 하지 말아야지."

호검은 얼른 안경을 벗었다. 그리고 모자도 벗으려다가 머리가 너무 눌려 있어서 모자를 다시 썼다. 그 대신 모자챙이 뒤로 가게 쓴 다음 주방으로 들어갔다.

"호검아! 너 결국 왔구나? 오늘 쉬지도 못하고. 어제 방송에서 도대체 뭘 어떻게 했기에 저 난린 거야?"

칼판장이 호검을 보자마자 물었다.

"네. 아, 뭐……."

호검은 난감해하며 말끝을 흐렸고, 요리를 하고 있던 학수가 호검에게 외쳤다.

"호검아, 빨리 조리복 갈아입고 홀 나가봐!"

"네! 스승님!"

호검은 학수의 말대로 얼른 조리복으로 갈아입고 캡 모자 대신 셰프 모자를 썼다. 평소에는 잘 쓰지 않지만 오늘은 머리가 눌려서 뭐라도 써야 할 것 같았기 때문이다.

호검이 홀에 모습을 드러내자, 사람들은 환호성을 질렀다.

"와! 강 셰프다!"

"호검 오빠!"

"안녕하세요, 강호검입니다."

호검의 출현에 바깥에서 대기하고 있던 손님들도 문 쪽으로 몰려들어 그를 구경했다.

"사진 찍어도 돼요?"

한 여자 손님이 다짜고짜 그것부터 물었다.

"네. 지금 잠깐만 찍으세요."

호검은 사진을 찍을 수 있도록 잠시 한 자세로 멈춰 있어 주었다.

호검은 사람들이 사진을 다 찍고 나자 다시 입을 열었다.

"아, 여러분, 여기는 제 가게가 아닙니다. 제가 일하는 곳이고, 또 여기 식사하시러 오신 다른 분들을 위해 조금 자제 부탁드릴게요."

"네! 근데, 강 셰프님 어제 그 꿔바로우와 사천새우백짜장은 판매 안 하시나요?"

한 남자 손님이 물었다.

"네, 그건 제가 만드는 법을 알려 드렸으니 집에서 만들어 드시면 될 것 같습니다. 여기는 그것보다 더 맛있는 요리들이 많습니다. 맛은 제가 보장합니다! 〈아린〉의 오너 셰프시자, 제 스승님이신 천 셰프님이 당연히 저보다 솜씨가 좋으시니 믿고 드셔 보세요."

호검의 말에 사람들은 고개를 끄덕였다. 호검은 인사를 마친 후, 테이블을 돌며 악수도 해주었다. 그런데, 그 모습을 본

매장 밖 사람들도 호검에게 악수를 해달라고 그를 불렀다.

"강 셰프님! 여기도요!"

호검은 이왕 하는 김에 다 해주는 게 낫다고 생각해서 바깥으로 나갔다.

호검은 사람들에 둘러싸여 이 사람, 저 사람 악수를 해주었다. 여자들은 호검에게 멋있다는 말을 연발했고, 남자들도 대다수가 호검에게 호감을 보였다.

악수를 거의 다 해주고 다시 식당 안으로 들어가려는데 한 남자가 그를 붙잡았다.

"강 셰프님! 잠시만요!"

* * *

호검이 뒤를 돌아보니 K호텔의 강 이사가 활짝 웃고 있었다.

"어? 강 이사님! 안녕하세요!"

호검이 반갑게 인사했다. 호검은 요즘 일이 바빠서 근 한 달 정도 강 이사에게 식사를 대접하지 못하고 있었다.

"어머, 아는 사람인가 봐."

"부럽다, 강 셰프님이랑 아는 사이라니."

사람들은 강 이사를 부러운 눈으로 쳐다보았다. 강 이사는 주변 사람들의 시선이 부담스러운지 호검에게 작게 속삭였다.

"강 셰프님, 잠깐 저랑 대화하실 시간 있으세요?"

"그럼요!"

강 이사는 호검을 자신의 차로 데려갔다.

차에 타자마자, 호검은 강 이사에게 미안해하며 말했다.

"요즘 통 못 가서 죄송해요. 제가 진짜 너무 바빠서……."

"아휴, 괜찮습니다. 다 아는데요, 뭘. 물론 좀 아쉽긴 합니다만, 아, 그래서 말인데요……."

"네?"

호검이 궁금한 표정으로 강 이사를 쳐다보았다.

"음, 바쁘신 것 같으니까 용건만 간단히 말씀드릴게요."

강 이사는 입술에 침을 바르더니 용건을 말하기 시작했다.

"강 셰프님, 주방장 하실 생각 없으세요?"

"주방장이라면……."

"주방의 우두머리, 주방을 총지휘하는 주방장 말이에요. 지금 〈아린〉에서 직책이 어떻게 되는지는 모르겠는데, 지금 강 셰프님 실력으로 보나, 인기로 보나 충분히 하시고도 남을 것 같아서요."

"전 아직……."

호검이 거절을 하려는데, 강 이사가 호검의 말을 다 듣기도 전에 이어서 말했다.

"저렇게 사람들이 〈아린〉으로 몰려오니까 강 셰프님이 좀 곤란하기도 하시잖아요. 그런데 강 셰프님 식당이면 눈치 볼 필요도 없고, 또 이렇게 강 셰프님 찾는 분들이 많으니까 손님들은 무조건 많이 올 거고요. 물론 저도 먹고 싶을 때 강 셰프님 요리 먹을 수 있어서 좋기도 하고… 하하하. 아! 그리고 강 셰프님이 주방장 하시면 하고 싶은 메뉴 마음대로 만드셔도 되고, 얼마나 좋아요? 강 셰프님이 한다고만 하시면 제가 바로 중식당 하나 차리려고 하거든요."

"저 때문에 중식당을 차리신다는 말씀이세요?"

"강 셰프님 때문이 아니라, 강 셰프님의 가능성에 투자하겠다, 뭐 그런 거죠. 차리면 무조건 대박이라니까요. 지금도 보세요. 사람들이 얼마나 많이 왔습니까!"

강 이사가 창문 밖으로 보이는 〈아린〉 앞에 몰려든 사람들을 가리키며 말했다.

호겸은 강 이사의 말이 아마도 맞을 거라고 생각했다. 지금 중식당을 차리면 대박은 따놓은 당상이겠지.

하지만 호겸은 아직 갈 길이 멀었다.

"강 이사님, 또 거절해서 죄송합니다만. 제가 아직 배울 게 많아요. 아시죠? 제가 이태리 요리도 배우고, 지금은 중국 요리를 배웠잖아요. 앞으로 여러 가지 다양한 요리를 더 배워야 하거든요."

"아……. 진짜 지금 딱 차리면 대박인데……."

대박집도 한순간에 망할 수 있다. 호검은 그걸 알고 있었다.

물론 지금은 호검의 인기도 있고, 강 이사가 차려주는 거라면 든든한 백이 있는 거나 다름없지만, 아직 누군지 모를 〈오대보쌈〉을 망하게 한 범인도 어느 정도 파워가 있는 인물일 것이다.

호검은 자신의 실력, 인지도, 그리고 든든한 지인들까지 완벽히 만들어져서 절대 망할 수 없을 때 그때 식당을 하고 싶었다.

또한 〈오대보쌈〉을 망하게 한 사람도 밝혀서 복수를 한 후에, 걱정 없이 식당을 하고 싶었다.

"죄송해요. 전 정말 요리를 더 배우고 싶어서 그래요."

"음, 할 수 없죠."

강 이사는 아쉬워했다.

"그럼, 나중에 식당 하고 싶으면 꼭 저한테 말해줘요. 내가 무조건 투자할 테니까요."

"아휴, 감사합니다. 그럴게요. 아, 강 이사님, 〈아린〉에서 식사는 하고 가실 거예요?"

"그러려고 했는데, 사람이 너무 많아서……. 다음에 올게요."

호검은 강 이사에게 미안해하며 다음 식사 대접 날짜를 미리 잡았다.

강 이사는 좋아하며 돌아갔고, 호검은 다시 〈아린〉으로 들어갔다.

호검은 홀을 지나면서 인사를 하고 주방으로 들어갔는데, 홀 매니저 예슬이 그를 따라 들어왔다.

"휴우. 사장님, 이제야 좀 조용해요. 근데 이거 맨날 이러면 어떡하죠?"

호검은 괜히 자신 때문에 영업에 방해가 되는 건 아닐까 싶어 괜스레 미안해졌다.

"곧 괜찮아지겠지. 허허."

학수는 대수롭지 않게 웃었다. 호검은 오늘 쉬기로 한 날이었지만, 자신 때문에 사람들이 몰려온 것이니 요리를 하기 시작했다.

*　　*　　*

호검은 계속 바빠서 교쿠를 만들어볼 시간이 없었기에 수요일만 기다리고 있었다. 사실 저번 일요일에 〈소울푸드〉를 다녀와서 교쿠를 만들어볼 생각이었는데, 갑자기 다시 〈아린〉에 일을 하러 가게 되어 교쿠를 만들어보지 못했던 것이다.

드디어 〈아린〉이 쉬는 수요일이 돌아왔다.

'마침 유진 씨도 못 온댔으니까 오늘은 꼭 교쿠를 만들어보자!'

유진이 마침 일이 있어 수업받으러 못 온다고 연락이 왔기에 호검은 이따가 강 이사에게 저녁 식사만 만들어 주러 가면 되었다.

호검은 강 이사에게 대접할 저녁 식사 재료도 사고, 교쿠를 만들 재료도 사기 위해 근처 마트로 향했다.

'새우, 마, 계란, 미림……. 아, 맞다. 굵은 나무젓가락이랑 사각 팬도 사야지!'

호검은 직접 교쿠를 만들어보지는 않았지만, 틈틈이 김완덕의 일본 요리 마스터 양피지를 떠올려 김완덕이 만드는 영상과 레시피를 보긴 했었다.

그래서 교쿠의 재료와 만드는 법은 어느 정도 파악하고 있었다.

그는 마트에서 교쿠에 들어가는 재료를 사 왔고, 곧바로 교쿠 만들기에 들어갔다.

"어디 보자……."

호검은 자신의 머리에서 교쿠를 떠올렸다. 그러자, 교쿠 만드는 영상이 눈앞에 펼쳐졌다. 호검은 영상 속 손이 하는 대로 따라 하기 시작했다.

먼저 미림을 니기리미림으로 만들려면 미림에서 알코올 성분을 없애야 했다. 그래서 호검은 미림을 냄비에 붓고 불 위에 조심스럽게 올려놓았다.

그리고 물이 끓을 때쯤 되어 뒤로 물러섰다. 왜냐하면 이때부터 미림의 알코올 성분 때문에 액체 표면에 불이 붙어 활활 타오르기 때문이다.

이 불이 꺼져야 알코올이 다 날아가고 니기리미림이 되는 것이므로 호검은 불이 활활 타오르도록 놔두고 도마로 몸을 돌렸다.

다음으로 호검은 생새우의 껍질을 제거하고 칼로 새우를 곱게 다졌다.

이제는 마를 갈 차례.

호검은 영상에서 완덕이 하는 대로 그대로 하기 위해 절구를 꺼냈다. 그리고 절구에 마를 문질러 갈기 시작했다. 한참 동안 마를 갈던 호검은 잠시 마 갈기를 멈추고는 팔이 아픈지 팔을 툭툭 털며 구시렁거렸다.

"이거 그냥 믹서기로 갈면 안 되나……. 이 사람 옛날 사람이라서 이때 믹서기가 없었나 보네……. 하긴, 이렇게 정성 들여 만들면 더 맛있긴 하겠지만."

호검은 일단 완덕의 고전 레시피대로 한번 만들어보고 조금 더 편리하게 할 수 있는 방법은 나중에 생각해 볼 계획이었다.

마를 다 갈고 나서, 호검은 계란을 노른자와 흰자로 분리해서 따로 볼(Bowl)에 담았다. 그리고 노른자는 마를 갈아놓은 절구에 넣고, 곱게 다져놓은 새우를 함께 넣었다.

호검은 마, 생새우, 노른자를 섞어주며 절구 방망이로 최대한 곱게 갈기에 돌입했다.

호검은 속으로 믹서기가 참 좋은 기계라는 생각이 절로 들었다. 옛날에 이렇게 힘들게 음식을 만들었다니.

재료들을 최대한 곱게 가는 것이 중요했기에 호검은 양손을 번갈아가며 열심히 절구 방망이를 돌렸다.

"후우. 다 된 거 같다!"

호검은 기뻐하며 절구 방망이를 내려놓으며 숨을 골랐다.

"근데……."

호검은 금방 입을 삐죽이며 볼에 담긴 달걀흰자를 쳐다보았다. 이젠 머랭을 쳐야 한다.

머랭은 달걀흰자와 설탕을 이용해 만든 반죽으로, 오븐에 구우면 바삭해지는 반면 수플레나 스펀지케이크 등을 만들 때는 굽지 않고 넣어 부드러운 느낌으로 즐길 수 있었다.

흔히 말하는 머랭 치기란 흰자와 설탕을 넣고 거품기로 근육이 끊어질 정도로 열심히 저어주는 것으로, 그 결과 흰자와 설탕이 진득하게 굳어 반죽이 된다.

다행히도 현대에는 핸드 믹서라는 문명의 이기가 등장하게 되어 팔근육이 끊어질 염려는 덜게 되었다.

하지만 영상에서 이 김완덕이라는 사람은 거품기로 이걸 팔이 떨어져라 치고 있었다.

'아… 정국의 핸드 믹서 쓰고 싶다……. 이건 진짜 거품기 쓰는 거랑 별 차이 없을 텐데…….'

호검은 잠시 정국이 얼마 전에 구입한 핸드 믹서를 쓸까 고민했지만, 결국 양손을 털어주고 스트레칭을 한 다음 거품기를 집어 들었다.

착착착착.

호검이 거품기로 열심히 머랭을 만들기 시작했다.

그는 중간중간 설탕을 조금씩 넣어주면서 머랭을 쳤다.

흰자의 거품을 일으켜 만드는 머랭 또한 아주 곱게 거품을 내야 했다.

'교쿠 만들어 먹기가 이렇게나 힘이 든다니…….'

그런데 호검이 듣기로는 이거보다 팬에 이 반죽을 구워내는 게 어렵다고 했다. 물론 김완덕이 영상에서 하는 것은 꽤 쉽게 하는 것 같아 보였지만.

사실 머랭 만드는 게 쉬운 일은 아니었는데, 호검은 정국을 도와준다고 머랭을 몇 번 쳐봐서 능숙하게 머랭을 만들 수 있었다.

머랭을 완성한 호검은 절구통 안의 곱게 갈아놓은 마, 노른자, 생새우와 이 머랭을 잘 섞어주었다.

'으아! 이제 굽기만 하면 된다!'

호검은 사각 팬에 기름을 살짝 발라준 다음 교쿠 반죽을 가득 부었다. 그리고 약한 불에서 천천히 익히기 시작했다.

그런데 영상에서 보니 완덕은 반죽의 아랫면을 익히면서 윗부분을 젓가락으로 톡톡 찌르고 있었다.

'저걸 왜 저렇게 하는 거지?'

호검은 완덕의 영상과 레시피만 보이고 자세한 이유나 설명은 보이지 않으니 도무지 이유를 알 수가 없었다.

'몰라, 일단 따라 하자.'

호검은 그냥 완덕을 따라 아직 안 익은 반죽의 윗부분을 콕콕 찔러댔다.

약 20분가량을 굽고 나서 호검은 영상 속의 완덕이 하는 대로 굵은 젓가락 여러 개를 바닥 면에 조심스럽게 집어넣어 반죽을 휙 뒤집었다.

끝부분이 좀 떨어져 나가긴 했지만, 이 정도면 처음 하는 것치고는 잘 뒤집은 것 같았다.

잠시 후, 드디어 호검의 첫 교쿠가 완성되었다.

"오, 그럴듯한데? 음, 만드는 데 힘이 들어서 그렇지 뭐 3년씩이나 만들 요리는 아닌 것 같은데……."

호검은 만족스럽게 미소를 지으며 자신의 교쿠를 쳐다보았다.

"근데 뭔가……."

호검은 완성한 교쿠를 보다가 갑자기 고개를 갸웃거리더니 얼른 교쿠를 칼로 잘라서 맛을 보았다.

"으잉? 이 맛이 아니었는데?"

〈복스시〉에서 맛본 교쿠는 계란찜과 카스텔라의 그 중간 어디쯤이었는데, 호검이 만든 교쿠는 카스텔라에 가까웠다. 그리고 이건 좀 단맛이 강했다.

물론 이것도 맛은 있었다. 하지만 호검이 원한 건 이게 아니었다.

'아, 그 셰프님한테 가서 가르쳐 달라고 하면 그냥 가르쳐 줄까? 안 가르쳐 줄 텐데……. 무슨 방법 없을까? 아, 알고 싶다.'

호검은 기복의 교쿠 만드는 법을 알고 싶어서 안달이 났다.

'일단 가서 졸라볼까? 아님 유진 씨한테 부탁해 볼까? 으아… 어떻게 하지…….'

호검은 고민에 빠졌다. 그리고 그게 최소 1년을 만들어야 하는 교쿠라면 기복의 밑에서 요리를 배우는 것이 좋을 듯도 했다.

하지만 호검은 당장은 기복에게 갈 수 없었다. 아직 〈아린〉에서 좀 더 일을 해야 하고, 10월엔 수정과 함께 이태리 여행도 다녀와야 한다.

게다가 9월 내내 유진에게 이태리 요리를 가르쳐 주고 있으니, 일단 지금은 다른 걸 아무것도 할 수 없었다.

물론 기복이 받아줄지도 미지수였고.

호겸이 어찌할지 결론을 못 내고 있는 동안 강 이사에게 갈 시간이 되었고, 하는 수 없이 호겸은 일단 강 이사의 저택으로 출발했다.

3. 두 명의 스승

다음 날, 〈아린〉에 출근을 하자마자, 학수가 호검을 사장실로 따로 불렀다.

"스승님, 찾으셨어요?"

"응, 있잖아, 호검이 너 어차피 여기 9월까지만 다니고 일식 배우러 가야 한댔지?"

"네."

"그럼 이제 여기 그만 나오는 게 어때? 지금까지 너무 바빴잖아. 일하느라 힘도 들고. 좀 재충전할 시간 필요하지 않아?"

"네? 그럼 스승님이 힘드시잖아요."

"뭐, 내 손목도 거의 다 나았고, 부주가 이제 잘해서 괜찮을 거야."

학수는 호검이 10월에 이태리 여행도 다녀와야 하고 지금은 유진을 가르쳐 주고 있는 것도 알고 있었다. 또한 틈틈이 방송도 하니 학수는 호검이 쉴 시간이 없는 것이 걱정되었던 것이다.

"음, 알겠어요. 스승님 말씀대로 할게요."

호검은 순순히 학수의 말대로 하겠다고 했다. 사실 호검은 자신을 보러 몰려오는 사람들 때문에 〈아린〉의 영업이 방해받는 게 미안해서 바로 오케이를 한 것이었다.

물론 요리를 먹으러 오는 사람들도 있었지만, 그냥 호검을 보러 와서 소란스럽게 하는 경우가 더 많았기 때문이다.

"그래, 그럼 이번 주까지만 일하는 걸로 하자. 다른 주방 식구들이 갑자기 너 안 나오면 섭섭해할 테니까. 송별회도 해야 하고."

"그런데, 다른 직원들이 이상하게 생각하지 않을까요? 제가 수제자인데 여길 그만두면요."

"잠깐 지인 일 도와주러 간다고 해. 갔다가 다시 올 거라고. 알겠지?"

"아, 네. 알겠습니다."

"그래, 나도 아쉽지만, 네 꿈이 더 중요하니까."

학수는 아쉬운 표정으로 호검의 어깨를 두드렸다.

*　　*　　*

며칠 후 일요일에 호검은 〈아린〉에 마지막 출근을 했고, 주방 직원들과 홀 서빙 직원들은 모두 호검과의 작별을 아쉬워했다.

〈아린〉의 전 직원이 참여한 가운데 〈아린〉의 홀에서 호검의 송별회가 열렸다. 직원들은 다들 호검에게 시간 나면 자주 놀러 오라고 당부했다.

호검도 친하게 지내던 사람들과 작별을 하려니 아쉽기도 하고 마음이 먹먹하기도 했다. 특히 자신의 스승인 학수와 거의 매일 붙어 있었는데, 이제 자주 못 만날 거라 생각하니 그것이 가장 아쉬웠다.

물론 학수도 그랬다.

송별회가 끝나고 학수가 다른 직원들을 모두 보내고 호검에게 말했다.

“내가 재석이 교육 좀 끝나고 여유 생기면 너 보러 자주 갈게.”

“네, 저도 시간 나면 〈아린〉에 자주 올게요.”

“넌 바쁠 거잖아. 바빠야만 하고. 새로운 데 가서 일하려면 힘들 거야. 그래도 넌 적응 잘하니까 여기서처럼만 해. 그럼 돼."

"네, 스승님!"

둘은 마지막으로 진한 포옹을 하고 헤어졌다.

그리고 집으로 돌아오는 길, 호검은 앞으로의 계획을 생각했다.

'그래, 일단 부딪쳐 보자. 내일 당장 〈복스시〉에 찾아가 보는 거야!'

*　　　*　　　*

다음 날, 유진의 아침 수업이 끝나고, 호검은 잠깐 유진에게 이기복에 대해 물었다.

"저, 유진 씨."

"네?"

"그 이기복 사장님 말이에요……."

"기복 아저씨요? 왜요, 아저씨에 대해 궁금한 거 있어요? 무엇이든 물어보세요! 호호호."

유진이 자리에서 일어서다가 말고 다시 앉았다.

"음, 〈복스시〉가 오픈한 지 얼마나 됐는지 혹시 아세요?"

"제가 거기 알게 된 지 1년 정도 됐고요, 아저씨 말로는 거기서 한 3년 하셨댔나?"

"아하. 그럼 거기 식당에는 사장님 내외분이랑 아들분만 같이 일하시는 거죠?"

"네, 종업원 뽑을 정도로 바쁘신 것도 아니고, 그냥 가족끼리 해도 충분하다고 하시더라고요."

호검의 생각에도 고작해야 한 번에 열 명 남짓한 손님을 받을 수 있는 작은 가게라 종업원이 필요할 것 같진 않았다.

소수 정예로 고퀄리티 음식을 대접하겠다는 기복의 의도이기도 했다.

그래서 코스 요리의 가격은 꽤 비싼 편이었다. 물론 그만한 값어치를 하는 맛과 양이긴 했지만.

"아……. 그럼 뭐, 가게를 확장하실 생각도 없으시겠군요?"

"그럴걸요. 일본에서 직접 배워 오셔서 그런지 장인 정신을 굉장히 중요하게 생각하세요. 일본은 집안 대대로 음식점을 하기도 하고, 또 작은 곳에서 오래도록 하는 편이잖아요."

호검은 유진의 말에 고개를 끄덕였다.

"근데 왜 그러세요?"

이번엔 유진이 궁금한지 이유를 물었다.

"아, 거기 음식이 맛있어서 그냥 사장님에 대해서도 궁금해져서요."

호검은 일단 어떻게 될지 모르니 유진에게는 단순 호기심인 양 둘러댔다.

"아, 그러시구나. 거기 정말 맛있죠?"

"네. 아주 맛있더라고요."

유진은 자신이 데려간 맛집이 맛있다고 인정받자 뿌듯해했다.

곧 유진은 바로 지방에서 사인회가 있다면서 호검의 집을 떠났고, 호검은 〈복스시〉로 향했다.

'아, 뭐라고 해야 하지? 그냥 가르쳐 주세요, 사부님! 이래야 하나?'

호검이 고민을 하는 사이 버스는 금방 〈복스시〉 근처 정류장에 도착했고, 호검은 골목길을 걸어가기 시작했다.

그는 〈복스시〉에 도착해서 문을 스윽 밀고 안으로 들어갔다.

"안녕하세요."

"어? 강 셰프님!"

스시 카운터에는 기복 대신 기복의 아들이 나와 있었고, 가게 안에는 손님이 아직 아무도 없었다.

기복의 아들은 저번에 통성명도 못 했다면서 정식으로 인사를 했다.

"전 이종배고요. 26살이에요."

"저랑 동갑이네요! 반가워요. 아시겠지만, 강호검이에요."

"오, 동갑이라니까 더 반갑네요. 하하하. 근데, 혼자 오신 거예요?"

종배가 반가워하며 물었다.

"아, 네. 참, 사장님은 안 계세요?"

"안에 계세요. 지금 잠깐 어머니와 대화 중이세요. 아버지! 강 셰프님 오셨어요."

종배가 기복을 부르자, 안에서 기복이 뛰어나왔다.

"강 셰프! 왔어? 어? 근데 혼자야?"

기복은 마치 호검이 예약이라도 하고 온 것마냥 그를 자연스럽게 맞았다.

"네, 사장님. 안녕하세요. 제가 부탁드릴 일이 있어서요."

"부탁? 뭔데?"

기복이 눈을 동그랗게 뜨고 호검을 뚫어져라 바라보며 물었다.

"그 교쿠 말이에요."

"응, 교쿠, 왜?"

"그거 만드는 법 저 좀 알려주시면 안 될까요?"

호검의 말에 옆에 있던 종배가 피식 웃으면서 끼어들었다.

"그거 배워서 어디다 쓰시게요? 저야 1년 해도 됐다고 하지만, 보통은 3년씩 걸려요."

종배가 자신만만한 표정을 지으며 말했다.

"그건 아는데……."

"저희처럼 이렇게 장사할 거 아니면 괜히 시간 낭비하시는 거예요. 엇! 잠깐!"

종배가 갑자기 정색을 하더니 호검에게 큰 소리로 물었다.

"아니, 스시집 하시게요?"

종배가 혼자 넘겨짚어 묻자, 호검이 당황해서 두 손을 휘저으며 대답했다.

"아휴, 아니에요. 그냥 그게 너무 맛있어서요. 사실은, 어디서 교쿠 만드는 걸 알아봐서 집에서 만들어봤는데, 그 방법이 아닌 것 같더라고요. 그래서 이렇게 염치 불고하고 찾아왔습니다."

"강 셰프는 요리에 대한 궁금증을 못 참는 성격인가 봐? 허허허."

기복이 가만히 있다가 대뜸 말했다.

"네, 좀 그런 편입니다. 특히 너무 맛있는 요리는요!"

호검은 기복의 교쿠가 너무 맛있었다는 걸 강조했다.

"뭐, 하긴. 어차피 가르쳐 줘도 1년 넘게 연습해야 겨우 제대로 된 교쿠를 만들 수 있는데. 아버지, 그냥 가르쳐 드려 봐요."

종배는 호검이 유명한 중식 셰프라는 것은 알고 있었지만, 일식 쪽은 거의 처음 접해보는 것일 테니 초보나 다름없다고 생각했다. 그래서 알려줘도 제대로 못 만들 거라 예상했다.

종배가 쿨하게 기복에게 말하자, 기복은 잠시 생각을 해보더니 입을 열었다.

"일단 그럼, 내일 아침 8시까지 나와. 우리 오픈 시간이 11시 반인데 이거 만드는 데 넉넉잡아 3시간은 걸리거든. 만드는 거 보여줄게."

"정말요? 감사합니다! 감사합니다!"

호검은 함박웃음을 지으며 여러 번 고개를 숙여 인사했다.

"허허허, 그렇게 좋아?"

"네!"

"근데 강 셰프는 유명 셰프인데도 하나도 우쭐대는 기색이 없네?"

기복은 아예 대놓고 호검에게 물었다.

"아, 제가 텔레비전에 나와서 유명한 거지, 저보다 훌륭한 셰프님들이 많잖아요. 전 아직 배울 게 많아요. 배워도 배워도 끝이 없는 게 바로 요리니까요."

"오! 너도 저런 마인드를 배우란 말이야, 이놈아!"

기복은 갑자기 종배를 툭 치며 핀잔을 줬다.

"아이, 아버지는. 제가 뭘 어쨌다고 그러세요? 사실 3년 걸리는 거 1년에 했으면 자랑할 만도 하잖아요?"

종배는 툴툴대더니 당당하게 말했다.

"으이구. 그래도 이 녀석이! 요리는 자만하면 안 돼. 항상 겸손한 자세로, 최선을 다해서! 알았어?"

"예스, 썰!"

종배는 여전히 장난스럽게 대꾸했고, 기복은 아직도 애 같은 자신의 아들을 보며 걱정스러운 표정을 지었다.

그리고 때마침 손님들이 식당으로 들어왔다.

"어서 오세요!"

종배는 발랄하게 인사를 했고, 기복도 친근하게 손님들을 알은척했다. 다른 손님들의 주문을 받은 다음 기복은 호검에게 물었다.

"점심 먹고 갈래?"

"아, 아뇨. 가볼게요. 내일 아침에 올게요."

"음, 여기까지 왔는데, 내가 간단한 덮밥이라도 해줄게. 기다려 봐. 돈가스 좋아하지?"

"네! 그럼요."

기복은 안쪽 주방으로 들어가더니 금방 다시 나왔다.

"가츠동은 우리 마누라 주특기거든. 물론 내가 가르쳐 준 거지만. 참, 이쪽 구석 끝에 앉아. 원래 가츠동은 안 팔거든. 사람들이 또 보면 막 해달라고 그럴까 봐."

기복은 낮은 목소리로 호검에게 속삭이더니 눈을 찡긋하고는 스시를 만들기 시작했다.

호검이 안쪽 구석에 앉으니 자리에선 기복이 스시를 만드는 모습이 잘 보였다.

기복은 먼저 준비해 둔 생선 덩어리를 꺼내 적당한 두께로 포를 뜬 다음 오른손으로 밥알을 뭉쳤다.

그리고 포 뜬 생선에 고추냉이를 조금 묻힌 다음 그 위에 밥을 얹어 뒤집었고, 이어 오른손 검지와 중지 두 손가락으로 꼬옥 눌러주었다.

'와, 손가락 봐. 빠르다.'

호검은 신기한 듯 기복의 손가락을 뚫어져라 구경했고, 그러다 보니 금세 시간이 흘러 가츠동이 완성되어 나왔다.

"자, 여기. 먹어봐."

가츠동은 역시 먹음직스러워 보였다. 호검은 이건 또 얼마나 맛있을까 입맛을 다시면서 젓가락을 들었다.

그는 먼저 위에 얹어진 돈가스를 한입 베어 물고 아래 간장 양념이 된 계란과 양파, 파, 그리고 밥을 한 번에 떠 입에 넣었다.

'엇, 이건 표고버섯 맛인데!'

호검이 우물우물 씹다 보니 향긋한 표고가 씹혔다. 그래서 그릇 안을 다시 보니 양파 아래 표고버섯도 담겨 있었다.

"맛있어요! 바삭한 돈가스와 부드러운 계란, 거기다 향긋한 표고 향까지. 정말 맛있네요."

호검은 슬쩍 기복에게 속삭였고, 기복은 뿌듯한 미소를 지으며 얼른 먹으라고 했다.

'다시마육수, 표고버섯, 청주, 간장, 설탕, 양파, 대파, 계란, 위에는 가쓰오부시. 끝!'

호검은 가츠동을 몇 입 먹어보고는 어떻게 만드는 것인지 알아냈다. 눈에 보이는 재료에, 혀가 느끼는 재료까지. 호검의 미각은 이미 먹어본 적 있는 재료들은 파악해 낼 수 있었고, 소스 같은 것이야 거의 만드는 방법이 비슷하기 때문에 재료만 알면 재현해 내는 것은 쉬울 듯했다.

'좋아, 집에 가서 만들어 먹어봐야지.'

호검은 다른 손님들이 눈치채지 못하게 후딱 한 그릇을 해치우고 나서 얼른 자리에서 일어섰다.

다행히 다른 손님들은 수다가 많은 편이라 서로 크게 떠들고 이야기를 하느라 호검은 신경도 쓰지 않았다.

호검은 음식값을 내려고 했으나, 기복은 메뉴에 없는 음식이라 받지 않겠다고 하더니 웃으며 말했다.

"정 그러면, 요리 빚은 요리로 갚아."

"네?"

"강 셰프 중국 요리 잘하잖아. 언제 한번 해줘. 됐지?"

"아, 네! 알겠습니다. 그럼, 저 가볼게요. 내일 오겠습니다."

"그래, 내일 보자고!"

호검은 교쿠 만드는 법을 가르쳐 준다는 확답을 받아서 기뻐하며 〈복스시〉를 나섰다.

호검은 〈복스시〉를 나오면서 곧바로 유진의 매니저 영도에게 연락해 내일 유진의 수업을 하루 못하겠다고 전했다.

그리고 그날 밤, 호검은 너무 들떠서 기대감에 잠이 잘 오지 않아 새벽 늦게야 잠이 들었다.

하지만 그는 아침에 알람 소리가 울리자마자 눈을 번쩍 떴다.

그는 단번에 자리에서 벌떡 일어나 신나게 준비를 하고 〈복스시〉로 달려갔다.

호검이 도착한 시각은 7시 50분.

〈복스시〉의 문은 아직 굳게 닫혀 있었다. 그리고 식당의 불은 꺼져 있었다.

"어? 아직 안 일어나셨나?"

호검이 문에 난 유리창에 딱 붙어 안을 살펴보았다. 다행히 안쪽 주방에서는 희미한 빛줄기가 보였다.

빛줄기를 본 호검은 활짝 웃으며 힘차게 문을 두드렸다.

*　　　*　　　*

쿵쿵쿵.

"사장님! 이기복 셰프님! 저예요. 호검이요!"

호검이 문을 두드리자, 홀의 불이 탁 켜졌다. 그리고 종배가 후다닥 뛰어나와 문을 열어주었다.

"안녕하……."

"왔구나, 친구!"

호검이 인사를 하려는데 종배가 대뜸 반갑게 친구라고 불렀다. 종배는 역시 기복을 닮아 친화력이 남다른 듯했다.

"우리 동갑이니까 말 편하게 해도 되지? 물론 너도 나한테 편하게 해."

"어어. 그럼!"

"좋아! 이리 와. 아버지, 호검이 왔어요."

종배는 호검을 데리고 주방으로 들어가면서 소리쳤다.

"어, 그래. 종배야, 넌 거기 구석에서 김 굽고, 장어 만들어. 잘할 수 있지?"

"그럼요! 걱정 붙들어 매시고, 저만 믿으세요!"

종배는 자기가 혼자 장어 조림을 만들어본다는 게 신이 나는지 콧노래를 부르며 주방 뒤편으로 나갔다.

"으휴, 저러니 내가……."

기복은 혀를 끌끌 차며 중얼거렸다. 기복은 아들이 촐싹대는 것이 조금 걱정이 되는 눈치였다.

호검은 눈치를 슬쩍 보고는 기복에게 인사를 했다.

"안녕하세요! 이거 계란 다 깨면 돼요?"

기복은 계란 한 판을 커다란 볼에 깨서 넣고 있었다.

"어, 좋은 아침! 계란 다 깨면 돼. 이거 알이 좀 작은 거라서 1판 깨면 여기 다마고야키 나베에 딱 들어가거든."

기복이 계란말이 팬을 가리키며 말했다.

"아, 다마고야키 나베……."

"다마고가 일본말로 계란인 건 알지?"

"아, 네."

"다마고치라고 있었잖아, 90년대 말에 유행했던 알처럼 생긴 게임기. 디지털 애완동물 키우는 거 말이야. 해봤어?"

기복이 손으로는 계란을 계속 깨면서 호검을 쳐다보며 물었다.

"아! 그거, 해보진 않았지만, 그 이름 들어봤어요."

"그게 알 모양이잖아. 일본어로 다마고란 말과, 영어인 와치(Watch), 즉 시계란 단어가 합쳐져서 만들어진 이름이야."

"아하. 그게 그런 뜻이었구나!"

호검은 고개를 끄덕이다가, 문득 기복이 계란 노른자와 흰자를 분리하지 않고 한곳에 다 깨고 있다는 사실을 깨달았다.

"어? 근데 노른자랑 흰자 분리는 안 해요?"

"강 셰프가 만들어봤다는 교쿠가 머랭 쳐서 만드는 거구나?"

"네, 맞아요!"

"이건 다른 방식이야. 머랭 안 쳐도 돼."

"아하! 좋네요! 머랭 치는 거 팔 아픈데, 하하."

호검이 머랭을 안 친다니 활짝 웃으며 좋아했다. 그런데 기복은 장난스럽게 웃으며 말했다.

"과연 그럴까?"

"네?"

"이거 굽다 보면 차라리 머랭을 치는 게 더 쉬울 거란 생각이 들걸?"

"헉, 그래요?"

호검은 조금 겁에 질린 듯한 표정을 지었고, 기복은 재밌다는 듯 허허 웃었다.

계란을 다 깨고 나자, 기복은 호검에게 마와 절구, 그리고 절구 방망이를 주었다.

"일단 이 마부터 갈아. 이건 기술 없이 무조건 곱게 갈기만 하면 되는 노가다니까 그냥 하면 돼."

"네, 알겠습니다! 그럼 사장님은 이제 뭐 하세요?"

"아, 나는 여기 새우 살 갈 거야."

"근데, 니기리미림은 안 만드세요?"

"오, 좀 아는데? 아까 만들어서 지금 식히는 중이야. 니기리미림이야. 그냥 끓이면 되는 거니까 별다른 건 없어."

"아, 네!"

호겸은 이제 본격적으로 마를 갈기 위해 팔을 걷어붙였다.

드르륵 드르륵.

호겸과 기복은 마주 앉아서 절구를 안고 거기에 각자의 재료를 넣어 곱게 갈았다. 둘은 가는 것에 집중하느라 맡은 재료를 다 갈 때까지 아무런 말도 하지 않았다.

"후우. 다 간 것 같은데, 봐주실래요?"

기복은 호겸의 절구통 안의 곱게 갈려서 찐득한 우윳빛깔의 마를 확인하더니 고개를 끄덕였다.

"그 정도면 됐어. 자, 나도 거의 다 됐다."

"그런데요, 이거 믹서기 쓰면 안 되나요? 옛날에야 믹서기가 없어서 절구에 갈았다지만, 매번 이렇게 갈려면……."

호겸의 물음에 기복은 단호하게 말했다.

"색이 변해. 믹서기에 갈면 말이야. 그리고 이렇게 하면 짓이기는 거지만, 믹서기는 잘게 분쇄하는 거잖아. 그래서 맛도 좀 달라지고."

"아, 그렇구나."

새우를 다 간 기복은 자리에서 일어나더니 니기리미림이 다 식었는지 냄비에 손을 대어보았다.

"오케이."

기복은 다 식은 니기리미림을 간장과 설탕에 섞은 다음, 거기에 간 새우 살과 간 마를 넣고 고루 섞어주었다. 기복은 아까 깨둔 계란을 담아놓은 볼을 가져왔다.

"이제 이 계란을 잘 푼 다음에, 여기에 이 간 재료들을 모두 넣어 섞으면 준비 끝이야."

"아하. 그럼 제가 계란 풀까요?"

"아냐, 내가 할게. 강 셰프는 잘 보기나 해. 계란에 거품이 나지 않도록 조심조심 섞어야 하거든."

기복은 계란을 조심스럽게 풀어주었고, 다 풀어준 다음에는 간 재료를 모두 넣고 또 조심조심 섞어주었다.

"이제 구워볼까? 이리 와."

기복은 쇠로 된 링 같은 걸 가져와서 화구 위에 얹어놓았다.

"교쿠는 아주 약불에서 천천히 익혀야 해. 그래서 불에서 조금 떨어지라고 이 링을 받쳐놓는 거야."

기복은 링 위에 다마고야키 나베를 올린 다음 기름을 살짝 발라 주고, 계란 물을 체에 걸러 부었다.

"자, 진짜 인내의 시간은 지금부터야. 여기 기포 구멍이 생기거나 불룩불룩 올라오면 젓가락으로 찔러줘야 해."

"그건 왜 그래야 하는 거예요?"

호검은 안 그래도 완덕이 영상에서 그렇게 하던 이유가 궁금했던 차라 기복이 설명을 하기 전에 불쑥 끼어들어 물었다.

“안 그러면 구멍이 숭숭 난 교쿠가 될 테니까. 교쿠는 기포 구멍이 있으면 안 돼.”

“아하……. 그래서 젓가락으로 찔러주는 거였구나…….”

호검은 요리사의 돌이 알려주는 김완덕 셰프의 레시피에는 질문을 할 수 없어서 답답했는데, 기복에게는 직접 질문을 할 수 있어서 좋았다.

‘역시, 직접 배우는 게 좋긴 좋구나.’

그때, 종배가 장어를 만들다가 다가와서 말했다.

“이게 진짜 일이라니까. 그냥 구멍 난 교쿠 먹으면 뭐가 어떻다고 이렇게 고생을 하는지…….”

“으이구, 아들아, 식감이 다르잖아! 보기에도 안 좋고. 요리는 하나의 작품이라고!”

기복이 흥분해서 소리쳤지만, 종배는 입을 삐죽거리며 구시렁댔다.

“치이. 구멍 숭숭 난 치즈는 맛만 있는데. 멋도 있고요.”

기복이 종배를 째려보았다.

“넌 저리 가서 장어나 잘 만들어. 작품을 만들란 말이야.”

“알았어요. 가요, 가.”

종배가 다른 쪽으로 가고 나자, 기복은 애써 미소를 지으며 호검에게 말했다.

“이제 강 셰프는 할 일 없어. 내가 하는 거만 열심히 보면 돼.”

“네!”

기복은 직접 기포가 생기면 젓가락으로 계속 계란 물을 찔렀고 중간중간 불 조절을 했다. 그리고 이 작업은 1시간 반 정도 계속되었다. 호검이 지켜보는 것도 지쳐갈 때쯤 기복이 다마고야키 나베를 살살 흔들어보더니 말했다.

“다 됐다.”

“다 됐어요?”

호검이 얼굴에 화색을 띄고 기복을 쳐다보았다.

“이제 위쪽도 골고루 익혀야지. 야끼바에 넣어서.”

“야끼바요? 그게 뭐예요?”

“이거. 생선구이기인데, 오븐 있으면 오븐 써도 돼.”

기복은 이제 다마고야키 나베를 통째로 야끼바 바닥에 넣었다.

“여기 윗부분 가운데에만 불을 약하게 넣고 굽는 거지. 그럼 이 계란 윗부분부터 익게 돼. 이건 뒤집을 수가 없어서 이렇게 익히는 거야. 토치로 위에를 익히는 사람도 있는데, 그럼 색이 고르지 않고 익는 정도도 고르지 않지.”

“아하. 이건 또 얼마나 익혀요?”

"음, 한 30분에서 1시간? 그때그때 달라. 이것도 눈으로 윗면 색을 잘 봐가면서 감을 익혀야 해."

"진짜 엄청 힘드네요, 교쿠 하나 만드는 게요."

"하하하. 내가 그랬잖아. 그렇다니까."

그래도 호검은 눈으로 감을 익히는 건 자신 있었다. 옛날에 정국이 쿠키를 구울 때도 색깔을 보고 정확히 꺼낼 때를 알려준 호검이었으니까.

약 40분 후, 드디어 기복이 완성된 교쿠를 꺼냈다.

"어디 보자……."

기복은 나무로 된 눌림틀을 가져와 교쿠 위에 덮은 다음 팬을 뒤집어 교쿠를 꺼냈다. 그러자, 갈색으로 잘 익은 바닥면이 드러났다.

"와!"

"아주 잘 나왔네. 이거야, 딱 이 색깔! 기억해 둬. 한 번 봐서 기억하긴 힘들겠지만."

호검은 뚫어져라 윗면을 쳐다보았다.

"그리고, 여기 봐. 옆면. 구멍이 거의 없지? 이래야 하는 거야."

옆면은 연노란빛으로 구멍도 없이 아주 매끈했다. 호검은 그 매끈하고 쫀득해 보이는 자태에 감탄했다.

"와, 네!"

"허허허. 오늘 내가 컨디션이 정말 좋은가 봐. 아니면 강 셰프가 운이 정말 좋던지. 교쿠가 오늘 정말 마음에 딱 들게 나왔어. 종배야, 이리 와서 봐라."

종배는 기복이 부르는 소리에 쪼르르 달려왔다.

"오, 아버지. 진짜 잘 나왔네요!"

"으하하하."

기복은 기분이 좋은지 호탕하게 웃었다. 기복은 이어 교쿠를 깔끔하게 잘라내는 걸 보여주었고, 드디어 시식의 시간이 돌아왔다.

"자, 먹어봐. 강 셰프가 원하던 바로 그 맛인지 확인해야지."

호검은 침을 꼴깍 삼키더니 교쿠 한 조각을 입에 넣었다. 교쿠는 쫀득하면서도 고소하고, 입에 착 감기는 맛이었다.

호검은 감격한 듯 눈을 감았다가 잠시 후 눈을 크게 뜨며 소리쳤다.

"네! 바로 이 맛이에요! 너무 맛있어요!"

"하하하. 자, 이제 다 가르쳐 줬으니까 소감을 한번 들어볼까?"

"장난 아니네요. 3년 해야 한다는 말이 괜히 나온 게 아닌 것 같아요."

"이게 만드는 방법도 어렵지만, 완성된 교쿠가 제대로 모양이 나오느냐가 중요해. 바닥 면이 타면 당연히 안 되니까 불 조절도 필수고. 그리고 완성된 교쿠에 기포가 없을수록 완벽한 교쿠라고 할 수 있지. 물론 맛도 중요하고, 색깔도 중요하고 말이야."

호검은 기복의 말을 경청하며 고개를 끄덕였다.

"일본 요리 중에 이게 제일 기본인데, 이게 제일 오래 걸리고, 이게 제일 만들기 어려울걸? 근데 어때, 만들 수 있겠어?"

호검이 막 대답을 하려는데, 종배가 불쑥 끼어들었다.

"우리 집에 와서 사 먹는 게 낫겠지? 큭."

"아, 뭐. 당연히 그게 편하겠지만……."

호검이 종배를 돌아보고 말하더니, 다시 기복을 쳐다보았다.

"어렵긴 할 것 같은데, 만들어보고 싶어요. 완벽한 교쿠를 만들어내면 정말 화가가 자신의 작품을 완성한 것처럼 뿌듯하고 감격스러울 것 같거든요."

"헐. 아버지, 얘 아버지랑 같은 말 하는데요? 너 완전 애늙은이 같다?"

종배는 호검의 대답에 어이없어했다. 기복이야 나이가 있어서 고리타분하다고 치지만 20대 중반의 호검이 이런 말을 하다니.

반면 기복은 호검의 마음가짐에 감동받아 따뜻한 시선으로 호검을 바라보고 있었다.

"이야, 이러니까 이 어린 나이에 요리 천재 소리 들으면서 방송 나오는 거야! 종배야, 너는 요리에 대한 이 강 셰프의 열정을 본받아야 해. 아주 기특하네."

기복이 호검의 머리를 쓰다듬었다.

"아, 뭘요. 그냥 전 요리가 좋아서요. 다른 예술 작품들은 맛이나 냄새를 포함하지 않지만, 요리는 그 모든 감각을 포함하잖아요. 그게 바로 요리의 매력인 것 같아요."

"오, 넌 정말 천상 요리사구나!"

기복은 연신 감탄했고, 종배는 호검의 말에 고개를 가로저으며 말했다.

"너도 참 특이하다. 우리 아버지만큼이나."

호검은 기복에게 교쿠 만들기를 배우고 나니 그에게 배울 것이 많을 것 같은 생각이 들었다. 그래서 그는 잠시 고민하다 조심스럽게 입을 열었다.

"저… 사장님, 저 여기서 일 좀 하게 해주시면 안 될까요?"

호검의 뜻밖의 부탁에 기복은 놀라는 눈치였다. 옆에 있던 종배도 놀라며 호검에게 물었다.

"진짜? 여기서 일하고 싶다고?"

"응."

"근데, 우리 손님도 별로 없어서 일할 사람 필요 없는데?"

"아, 저는 그냥 무급으로 일할게요. 배우는 셈 치고요."

“으잉? 와, 아버지, 얘 진짜 아버지가 만든 교쿠에 홀딱 반했나 봐요.”

기복은 난감한 듯 눈썹을 긁으며 입을 열었다.

“으음. 근데 강 셰프는 일식을 너무 모르잖아? 배우면 금방 배우긴 하겠지만…….”

“공부해 오겠습니다!”

호검이 우렁차게 외쳤다. 그런데 기복은 계속 망설이는 듯했다.

그러자 호검은 기복을 설득하기 위해 한 가지 제안을 했다.

“제가 딱 한 달 후에 완벽한 교쿠를 만들 수 있게 된다면, 그땐 여기서 일하게 해주시겠어요?”

호검의 말에 기복은 눈이 휘둥그레졌고, 종배는 놀라 입이 쩌억 벌어졌다.

*　　*　　*

“아니, 넌 무슨 말도 안 되는 소릴 하냐? 이거 나 정도 되는 사람도 1년 걸렸어. 얘는, 나보다 더 자신감이 하늘을 찌르네?”

종배가 먼저 기막혀하며 말했다.

기복은 잠시 아무 말이 없다가 호검에게 되물었다.

"진짜? 할 수 있단 말이지?"

"음, 솔직히… 할 수 있다고 장담은 못 하겠지만, 정말 최선을 다해 열심히 해보겠습니다!"

"음……."

기복이 다시 뜸을 들이는데, 종배가 답답하다는 듯이 또 끼어들었다.

"아이, 아버지, 생각하고 자시고 할 게 어딨어요. 그럼 한 달 후에 뵙겠습니다! 이럼 되지."

종배가 텔레비전에 나온 이혼 조정 심판을 하는 판사의 말투를 흉내 내며 말했다.

"그러라고 해요, 네? 어디 한 달 동안 어느 정도 실력이 돼서 나타나는지 저도 궁금해요!"

종배가 기복을 조르자, 마침내 기복도 승낙했다. 사실 종배는 호검이 해낼 리 없다고 생각했다. 그러니 별 고민 없이 기복에게 승낙하라고 한 것이었다.

"그래, 알았어. 한 달 후에 교쿠를 완벽히 만들어내면 그때 받아주는 걸로 하자."

"네! 감사합니다!"

호검은 활짝 웃으며 고개 숙여 인사했다.

"아, 아버지! 이제 빨리 준비해야 해요. 오픈 시간 다 되어가요."

"어, 그래. 강 셰프는 이제 가야 하지? 내가 배웅해 줄게. 종배야, 넌 샤리(초밥용 밥) 섞어놔."

"네! 잘 가, 호검아! 성공하길 빌게!"

"고마워, 다음에 또 보자."

기복은 호검을 이끌고 식당 문 밖으로 나왔다.

"안녕히 계세요. 한 달 후에 올게요!"

"그래, 근데, 한 가지 물어보자."

"네, 물어보세요."

"음, 강 셰프는 지금 천학수 셰프님인가, 그분 밑에서 일하고 있는 거 아냐? 거긴 어쩌고 여길 오겠다는 거야?"

사실 기복이 망설였던 이유는 이것 때문이었다. 중식당에서 일하고 있는 호검이 여기 와서 또 일을 배우고 싶다니 의아했던 것이다.

"아, 그게……."

"내가 사실 아침부터 궁금한데 물어보기 좀 그래서 안 물어봤는데 말이야, 오늘도 그 중식당에 안 나가고 여길 오고, 어제도 낮에 왔었고. 거기 그만둔 거야?"

호검은 자초지종을 설명했다.

"제가 다른 요리들도 배워보고 싶어서 잠시 쉬기로 했어요. 스승님도 그러라고 하셨고요. 원래 제가 요리에는 욕심이 많아서 이것저것 다양한 요리를 배우고 싶어 하는 걸 스승님도 알고 계셨거든요."

"아……. 그런 거야? 천 셰프님도 대단하시네. 이렇게 잘 키운 제자, 난 남한테 뺏길까 봐 함부로 다른 셰프한테 배우게 못 둘 것 같은데. 허허."

기복의 말에 호검은 쑥스러운 듯 웃었다.

"그래, 한 달 후에 보자고. 잘해봐."

"네! 아참, 유진 씨한테는 말하지 말아주세요. 부탁드려요. 안녕히 계세요!"

"알았어. 조심해서 가."

기복은 호검에게 손을 흔들어주고는 다시 식당 안으로 들어갔다.

호검은 그날부터 곧바로 교쿠 만들기 연습에 돌입했다. 집으로 가는 길에 계란, 마, 새우 등의 재료를 잔뜩 사 왔다.

'앞으로 딱 한 달이야. 교쿠 만드는 데 걸리는 시간은 넉넉잡아 4시간. 그럼 하루에 최대 3판에서 4판을 만들 수 있고, 한 달이면 30일이니까, 적어도 100판은 만들어볼 수 있을 거야. 아차! 이태리 여행을 다녀와야 하니까 일주일 정도는 빼야 하는 구나!'

호검은 10월에 계획된 수정과의 이태리 여행이 생각나자 마음이 조급해졌다.

'빨리 연습해야겠다!'

그는 먼저 요리사의 돌을 사용해서 기복이 교쿠를 만들던 모습을 몇 번이나 돌려보았다. 요리사의 돌은 교쿠를 만드는데 있어 중요한 부분들, 불의 세기라든지 계란이 거의 다 익었을 때의 색상, 부풀어 오른 정도 등을 잘 알아볼 수 있도록 표시도 해주었다.

호검은 머릿속으로 시뮬레이션을 돌린 다음 드디어 실전 연습을 시작했다.

* * *

9월 말, 유진의 이태리 요리 수업은 거의 막바지에 접어들고 있었다.

"여기요!"

호검이 쿠치나투라 요리 학원 바로 앞 대로에서 유진의 밴을 발견하고는 손을 흔들었다.

오늘 호검과 유진은 쿠치나투라 요리 학원에서 업장 주방에서처럼 실습을 해볼 예정이었다. 곧 유진의 밴이 호검의 앞에서 멈춰 섰고, 유진이 발랄하게 차에서 뛰어내렸다.

"안녕하세요, 강 셰프님!"

"찾느라 힘들진 않았어요?"

"그럼요. 우리 매니저 오빠가 다행히 길치는 아니거든요. 호호. 오빠! 그럼 이따가 데리러 와요."

"어? 매니저님은 오늘 청강 안 하시는 건가요?"

영도는 항상 유진의 수업 때마다 따라와서 유진과 호겸을 지켜보고 있었는데, 오늘은 그냥 간다고 하니 호겸이 의아해하며 물었다.

"아, 오늘 오빠 일이 있대요. 회사 일이요. 그리고 여긴 학원이라서 감시할 게 없나 보죠."

"아하. 그럼 안녕히 가세요."

호겸은 영도에게 인사를 건넸고, 곧 영도는 밴을 몰고 떠났다.

호겸은 유진을 데리고 먼저 4층 사무실로 올라갔다.

"안녕하세요!"

"오, 왔어?"

민석은 호겸을 반갑게 맞아주었고, 유진은 더 반갑게 맞았다.

"아휴, 홍유진 씨! 팬이에요. 아주 실물이 더 이쁘네."

"안녕하세요. 원장님 말씀은 많이 들었어요. 강 셰프님이 원장님께 배운 솜씨라고 많이 얘기하셨거든요."

"아하하하. 그래요?"

민석은 싱글벙글 웃었다. 피자 수업을 담당하는 고 셰프도 유진에게 인사를 했는데, 그도 역시 얼굴에 미소가 가득했다.

그사이 호검은 수정에게 다가가 인사를 건넸다.

"수정아, 안녕. 잘 지냈지?"

"응. 그저께도 통화했잖아. 호호."

호검은 수정과 곧 이태리 여행을 가기 때문에 서로 준비를 하느라 꽤 자주 연락을 하고 있었다. 수정은 호검에게는 활짝 웃으며 고개를 끄덕여 주더니, 유진에겐 조금 경계하는 듯한 새침한 말투로 인사했다.

"안녕하세요, 차수정입니다."

"아, 차 강사님 얘기도 들었어요. 듣던 대로 굉장히 미인이시네요!"

"고마워요. 저도 텔레비전에서 많이 봤는데, 피부가 되게 좋으시네요."

"호호호. 감사합니다."

수정의 새침한 모습에도 유진은 아랑곳없이 친근하게 칭찬을 건네자, 수정도 살짝 미안했는지 같이 칭찬을 했다.

이렇게 둘은 여느 여자들의 대화처럼 서로 진심인지 아닌지 모를 칭찬을 주고받았다.

"참, 여기 이거 좀 드셔보세요."

호검은 자신이 가져온 쇼핑백에서 도시락 상자를 꺼냈다.

"뭔데? 뭐 가져왔어?"

다들 호기심 어린 눈빛으로 호검의 손에 들린 도시락 상자를 쳐다보았다.

호검은 응접 테이블 위에 도시락을 올려놓더니 뚜껑을 열었다.

"오호? 이게 뭐야? 빵이야?"

"노란 게 아주 먹음직스러워 보이는데?"

민석과 고 셰프가 가까이 다가와 말했다.

"어머, 이거 교쿠? 설마 강 셰프님이 만드신 거예요?"

"교쿠? 교쿠가 뭐야?"

고 셰프는 처음 듣는다는 듯 호검에게 물었고, 호검은 대충 계란으로 만든 일본 디저트라고 설명했다.

그들은 모두 입맛을 다시더니 얼른 하나씩 집어 입에 넣었다.

"맛있는데? 쫀득하면서도 부드럽고 느낌이 묘해. 살짝 달짝지근한데 또 고소하면서, 아무튼 맛있어!"

"훌륭한 디저트네. 이거 어떻게 만드는 거야?"

민석과 고 셰프는 맛있다며 칭찬을 했고, 특히 고 셰프는 만드는 방법을 궁금해했다. 그러자 유진이 대신 대답했다.

"이거 되게 복잡하다고 들었어요. 그쵸, 강 셰프님?"

"네, 좀 설명하기가… 그래요."

"아, 그래? 그럼 뭐……. 이거 나 좀 더 먹어도 돼?"

"그럼요!"

고 셰프는 입맛에 맞는지 교쿠를 엄청 잘 먹었다.

"수정아, 넌 어때?"

"음, 솔직히… 근데 정말 네가 만든 거 맞아?"

"응? 어, 왜?"

"내가 알기론 이거 몇 년은 만들어야 제대로 된 걸 만든다고 하던데? 나도 엄마 따라서 스시집 좀 다녀봤거든. 일본에 유명하다는 곳에 가서 먹어보기도 했고. 근데……."

"근데? 맛이 영 별로야?"

"아니, 너무 맛있어서. 되게 쫀득하게 잘된 것 같아! 너 이건 또 언제 배웠니?"

수정은 교쿠를 한 개 더 집어 먹으며 물었다.

"아, 다행이다. 음, 그냥 얼마 전에 우연히……."

"얼마 전에? 근데 이렇게 잘 만들었다고?"

"으응."

호검은 교쿠를 만들어본 지 이제 겨우 2주 정도 됐기에 더 꼬치꼬치 캐물으면 대답하기 곤란할 것 같아 대충 대답하고는 얼른 유진에게 물었다.

"유진 씨는 어떤 것 같아요?"

"음, 기복 아저씨네 교쿠랑 거의 맛이 비슷한 거 같아요. 맛있어요. 강 셰프님은 정말 못하는 요리가 없으시네요! 이태리 요리에, 중국 요리에, 이젠 일식도 하시려고요?"

"아하하하. 오늘 교쿠는 성공적이네요. 다들 맛있게 드셔주시니 뿌듯하고 좋아요. 다 드세요, 여러분."

"아, 남겨뒀다가 이따 송이 오면 줘야겠어요."

수정은 같이 일하는 보조 강사 송이 것도 따로 챙겨두었다.

모두들 호검의 교쿠에 만족감을 표했고, 그런 그들의 반응에 호검은 이제 교쿠가 거의 완성 단계에 온 것 같다고 확신할 수 있었다.

잠시 후, 호검은 유진, 수정과 함께 파스타 실습실로 내려왔다.

"호검아, 팬이랑 칼 어딨는지 다 알지?"

"그럼! 고마워, 수정아."

호검은 수정과 눈을 맞추고 씨익 웃어 보였다. 그런데 그 모습을 보고 있던 유진이 불쑥 말했다.

"저, 강 셰프님……."

"네, 유진 씨."

"전 강 셰프님보다 어린데 왜 저한테는 아직도 존댓말하세요?"

"네? 아니, 그게……."

"여기 이 언니는 강 셰프님이랑 동갑이라면서요. 전 이 언니보다 어린데, 저한테 유진 씨 이러시고, 이 언니한테는 이름

부르고, 반말하고…….”

유진이 불쌍한 고양이 표정을 지으며 아랫입술을 삐죽 내밀었다. 호검은 당황해서 뭐라 해야 할지 꿀 먹은 벙어리처럼 서 있는데, 수정이 어색한 미소를 지으며 말했다.

“우린 어릴 때부터 친구였어요.”

“네, 맞아요. 우린 좀 친해져서…….”

호검이 얼른 수정에게 맞장구를 치며 말했다.

“저도 이제 친하지 않나요? 전 아직 안 친한 건가요?”

유진이 이번엔 호검을 빤히 쳐다보며 슬픈 표정을 지었다. 그리고 이번엔 수정의 입이 나오기 시작했다.

‘아, 이 여우! 호검이한테 엄청 관심 있나 본데?’

호검은 난감해하다가 결국 유진의 뜻대로 해주기로 했다.

“아아, 알았어요. 이제 말 놓을게요. 그럼 되죠?”

“넹! 지금 바로 말 놔주세요! 넹넹?”

유진은 코맹맹이 소리로 애교를 부렸다.

“아……. 음, 알겠어. 이제 수업 시작할까?”

유진은 함박웃음을 지으며 좋아했고, 옆에서 그 모습을 지켜보는 수정은 속이 부글부글 끓었다.

“그럼, 알아서 잘하고 가.”

수정은 화가 난 듯 파스타 실습실 문을 박차고 나가 버렸다.

'화났나? 근데 왜? 내가 뭐 잘못했나?'

호검은 수정의 뒷모습을 보면서 고개를 갸웃거렸다.

수정은 쿵쾅거리며 계단을 올라 4층 사무실로 들어가서는 자기 자리에 털썩 앉았다.

'쳇. 그래, 난 이태리 여행 같이 간다, 호검이랑 단둘이!'

* * *

쿠치나투라 요리 학원에서 3일 정도 연습을 하고 유진의 파스타 수업은 모두 끝이 났다. 유진은 호검과의 파스타 수업이 끝나는 것을 매우 아쉬워했다.

"제가 곧 드라마 촬영에 들어가면 연락도 잘 못 드릴 거예요."

"아, 괜찮아."

"치이. 그래도 문자는 자주 드릴게요. 답은 해주실 거죠?"

"그럼. 당연하지."

유진은 아쉬운 표정을 짓더니 매니저 영도가 듣지 못하게 호검의 귓가에 속삭였다.

"그럼 나중에 또 봐요, 호검 오빠."

"응?"

유진이 처음으로 호검에게 오빠라고 부른 것이라서 호검은 기분이 묘했다.

유진은 살짝 눈웃음을 짓더니 밴에 올랐다.

그리고 며칠 후, 호검은 수정과 함께 이태리행 비행기에 몸을 실었다.

*　　　*　　　*

"야, 야! 어땠어? 이탈리아 어떻디? 재밌었어? 수정이랑은 안 싸웠어? 미슐랭 스타 받은 레스토랑은 어때? 완전 죽여주는 맛이었어?"

호검이 이태리 여행을 마치고 집에 돌아오자마자, 정국은 녹초가 되어 돌아온 호검의 뒤를 졸졸 따라가며 질문을 쏟아냈다.

"하나씩 물어봐야지, 그렇게 한꺼번에 막 물어보면 내가 어떻게 대답을 하냐?"

호검은 일단 짐을 거실에 내려놓고 식탁에 앉았다.

"어,어. 알았어. 그럼 일단 첫 번째 질문! 재밌었어?"

"응. 아, 근데 목마르다, 물이……."

호검은 다시 자리에서 일어나려고 했다. 그러자 정국이 얼른 식탁에 앉다가 다시 일어서며 말했다.

"물? 가만있어 봐. 내가 줄게."

정국은 호겸의 이태리 여행이 매우 궁금했는지 얼른 냉장고에서 시원한 물을 꺼내 호겸에게 대령했다.

"자, 여기. 뭐가 제일 재밌디?"

"음, 거기 길거리 구경하는 것도 재밌었고… 그래도 아무래도 제일 재밌는 건 바로 먹는 거였지! 이태리에 먹을 게 좀 많냐? 젤라또, 화덕피자, 티라미수, 치즈, 프로슈토… 다 맛있더라. 음식이 대체적으로 좀 짠 편이긴 했지만."

"맞아! 역시 여행은 식도락 여행이지! 나도 먹고 싶다. 난 좀 짜도 상관없는데! 아, 그럼 미슐랭 스타 받은 레스토랑은 다 맛있디?"

호겸이 수정과 함께 간 이번 이태리 여행은 이태리 요리 대회 1등을 한 부상으로 보내주는 여행이라서 미슐랭 스타를 받은 맛집 투어가 함께 포함되어 있었다.

"음, 다는 아니었어. 우린 총 5군데 가봤는데, 1군데는 미슐랭 원 스타, 2군데는 미슐랭 투 스타, 2군데는 미슐랭 쓰리 스타였거든? 근데 그중에 미슐랭 쓰리 스타 한 군데는 정말 별로였어. 내 입맛에 안 맞아서 그런지도 모르겠지만 말이야."

"아, 그래? 미슐랭 쓰리 스타여도 맛이 별로인 집이 있을 수 있나? 신기하네……. 그럼 제일 맛있었던 집은 어디였어? 뭐가 제일 맛있었어?"

"밀라노에 있는 쓰리 스타 받은 레스토랑이었는데, 거긴 정말 다 맛있더라. 음, 특히 당근 수프에 빠진 튀긴 푸아그라가 처음 먹어보는 맛이었어."

"우와! 푸아그라를 먹었다고? 그거 비싼 거 아냐?"

"뭐, 그렇지? 흔한 식재료는 아니지. 근데 우린 트러플도 먹었는걸?"

"트러플? 송로버섯인가 그거? 까맣고 몽글몽글하게 생긴 거 맞지? 완전 비싼 거!"

정국이 트러플에 대해 잘 아는 것처럼 말하자, 호검이 물었다.

"어? 너 먹어봤어?"

"야, 그 비싼 걸 내가 어디서 먹어보냐? 그냥 세계 3대 진미네 뭐네 하면서 엄청 비싸다고 텔레비전에서 나오는 것만 봤어. 부럽다……. 송로버섯 맛은 어땠어?"

"사실 약간 흙 맛이 나는 것도 같고, 그다지 맛이 있는 버섯은 아닌 것 같았는데……. 난 표고버섯이 더 좋더라. 향도 좋고."

"아, 그래? 그럼 뭐 그건 먹고 싶진 않네. 크, 근데 무슨 그런 게 진미라고."

비싼 걸 먹어봤다는 호검을 부러운 눈빛으로 쳐다보던 정국은 맛이 별로 없다니까 뭔가 부러움이 덜해졌는지 피식 웃었다.

“가격이 비싸서 그런가? 아무튼, 수정이와 나는 비싸고 접하기 힘든 식재료를 먹어봤다는 데 의의를 두기로 했지.”

“수정이도 맛없대?”

“응. 수정이도 표고버섯이 더 맛있다고 하더라. 하하.”

“맞아! 표고버섯 정도면 맛이 아주 고급스럽지! 디저트는 뭐가 맛있든?”

“음, 슈나 초콜릿도 있긴 했는데, 거의 티라미수나 젤라또가 많았어. 근데 티라미수는 모양이 다 달랐어. 맛도 조금씩 다 달랐고.”

“티라미수는 케익처럼 빵 위에 크림, 또 빵 위에 크림 이런 식 아니야?”

“우리나라에선 거의 그런데, 거긴 뭐 요렇게 저렇게 플레이팅을 했더라고. 마스카포네로 만든 크림산 위에 커피에 적신 빵을 꽂고 그 위에 코코아 가루를 또 산처럼 얹은 것도 있었고, 빵이랑 마스카포네로 만든 크림이랑 코코아 가루를 다 따로 일렬로 늘어놓은 것도 있고. 요리 플레이팅이 다들 굉장히 신선하더라.”

“다 맛은 있었어?”

“응, 수정이는 단걸 좋아해서 그런지 디저트 다 맛있다고 난리였어. 근데 난 디저트보다는 식전빵이 더 좋았어. 이태리는 좋은 점이 식전빵이 한 가지가 아니라 여러 가지 나오더라고. 그리시니라는 길쭉하고 바삭한 과자 같은 빵도 나오고 바게트랑 데니쉬, 그냥 부드러운 식빵 같은 것도 나오고."

"오, 우리나라는 보통 레스토랑 가도 식전빵은 1인당 1개 똑같은 거 주잖아? 그치? 빵이라면 이 오정국이 딱 가서 맛을 봐줬어야 하는 건데! 아쉽다. 쩝."

잠시 부러운 듯 호검을 쳐다보던 정국이 갑자기 화제를 돌려 물었다.

"단둘이 갔는데 무슨 일은 없었어?"

"에이, 뭐. 가이드도 있었는데 뭐가 단둘이야? 별일은… 없었어. 그냥 잘 놀았어."

호검이 살짝 머뭇거리더니 대답했다.

"음, 좀 수상한데? 별일은 다음에 한 템포 쉰 게 뭔가 수상해……."

정국이 호검에게 의심의 눈초리를 보냈다.

"무슨! 아, 나 피곤해. 일단 나 한숨 잘게."

"야야, 질문 더 받아야지!"

"1시간만 눈 좀 붙이고 이따 나와서 질문 더 받을게. 오케이?"

호검은 아쉬워하는 정국을 뒤로 한 채 방으로 가서 침대에 벌러덩 누웠다. 그리고 천장을 응시했다.

그러다 갑자기 호검은 씨익 웃음을 짓더니 옆에 있던 베개를 꼬옥 끌어안았다.

'으아, 이렇게 안았지!'

그는 정신 나간 사람처럼 실실 웃으며 베개를 안은 채 침대에서 뒹굴거렸다.

그때, 정국이 호검의 방문을 벌컥 열더니 눈썹을 찡그리며 물었다.

"너 뭐 하냐?"

당황한 호검은 얼른 말을 둘러댔다.

"내, 내 침대가 너무 좋아서……. 여, 역시 내 집, 내 침대가 좋, 좋구나! 아하하하……."

"하긴. 여행 다녀보면 내 집이 그리운 법이지. 그래, 얼렁 한잠 자."

"그래. 이따가 또 얘기해 줄게."

"오케이!"

정국은 호검의 방문을 닫아주고 방을 나갔다. 그리고 호검은 자려고 눈을 감았다.

그런데 잠이 오기는커녕 수정의 활짝 웃는 모습이 눈앞에 아른거렸다.

그는 수정과 첫 번째로 갔던 피렌체의 미슐랭 투 스타 레스토랑에서 나누던 대화를 떠올렸다.

"홍유진이랑은 어떤 사이야?"

수정은 식사가 시작되기 전 와인 잔을 만지작거리더니 호검에게 물었다.

"응? 유진이?"

"뭐야, 이제 반말하다 못해서 이름 불러?"

수정이 뾰로통해서 말하자, 호검은 당황하며 양손을 좌우로 휘저었다.

"아, 아니야. 그런 게 아니라,"

"뭐가 아니야? 이제 곧 둘이 열애설이라도 날 기세네?"

수정은 일부러 오버해서 말했다. 그래야 호검의 마음을 확실히 알 수 있을 테니까.

수정의 말에 호검은 이번엔 고개를 세차게 가로저으며 목소리를 높였다.

"아니라니까! 유진이는 그냥 동생이야. 귀여운 동생!"

"남녀 사이에 그런 게 어딨어?"

"그런 게 왜 없어? 우리도 남녀 사이에 친구잖아."

그때, 웨이터가 시저 샐러드를 가져왔다. 그리고 둘은 아무 말 없이 샐러드를 먹기 시작했다. 다행히 시저 샐러드의 소스 맛이 좋았다.

샐러드를 먹던 호검은 수정의 눈치를 보다가 먼저 입을 열었다.

"맛있지?"

"으응."

수정은 짧게 대답하고는 고개를 숙이고 다시 샐러드를 먹기 시작했다. 수정은 샐러드를 다 먹더니 와인을 한 모금 마시고는 고개를 들었다.

"우린 그냥 친구야?"

콜록콜록.

수정의 갑작스러운 물음에 호검이 당황해서 기침을 해댔다. 호검은 얼른 물을 마시더니 목을 가다듬고는 말했다.

"음음. 친구지……."

"난 남녀 사이에 순수한 친구는 없다고 생각해."

"응? 그게 무슨 말이야? 그럼 우리가 순수하지 않다는 말이야?"

"어, 적어도 난 그래."

호검은 이게 무슨 소린가 싶어 놀란 토끼 눈으로 수정을 바라보았다.

'이 말은…… 수정이가 날 좋아한다는 뜻인가? 내 생각이 맞는 걸까?'

호검이 잠시 멍하니 그녀를 바라보는 동안, 그녀도 호검을 뚫어져라 쳐다보고 있었다. 수정의 눈빛은 호검의 대답을 기다리는 듯했다.

그리고 마침내 호검이 고개를 푹 숙이며 기어들어 가는 목소리로 말했다.

"난 널 좋아해도 좋다고 말할 수 없어……."

"그게 무슨 소리야? 내가 좋은데 좋다고 말을 못 하겠다는 거야?"

수정의 표정이 굳었다.

"그래, 솔직히 말할게."

호검이 말을 하려는데 또 웨이터가 와서 이번엔 아란치니를 가져왔다.

웨이터가 아란치니를 놓고 가는 동안 호검은 속으로 솔직히 말을 할까 말까 계속 고민했다.

웨이터가 떠나자 수정이 호검을 재촉했다.

"솔직히 뭐?"

"음, 솔직히… 널 좋아해……. 하지만."

좋아한다는 호검의 말에 수정은 굳었던 표정이 펴지며 입꼬리가 슬쩍 위로 올라갔다.

하지만 곧 이어진 호검의 하지만이란 단어에 올라가던 입꼬리가 멈췄다.

"하지만?"

"너도 알다시피 난 다양한 요리를 배워서 세계요리월드컵에 나가야만 해. 연애를 할 시간이 없어. 잘해줄 자신도 없고. 그래서 널 좋아하지만 좋다고 말할 수 없단 거야. 좋다고 하면 뭐 해, 난 널 만날 시간도 없는걸."

호검이 씁쓸하게 말했고, 수정은 입을 앙다물고 생각에 잠긴 듯했다. 호검은 또 아무 말 없이 아란치니를 먹기 시작했다.

호검은 그렇게 말해놓고 속으로 괜히 좋다고 말했나 후회 중이었다.

'말해봤자 답도 없는데, 괜히 말했나……. 사귀지도 못하는데 좋다고 말하면 뭐 해……. 에휴. 아직 세계요리월드컵이 하려면 3년 정도나 남았고. 아, 몰라. 이미 엎질러진 물인데 어쩌겠어.'

호검은 낮게 한숨을 쉬었고, 꾸역꾸역 아란치니를 먹었다.

잠시 후, 수정은 무언가를 결심한 듯 굳은 표정을 지었다가 곧 표정이 밝아졌다. 그러더니 입가에 미소를 띠고 호검에게 말했다.

"좋아, 내가 기다릴게. 네 꿈이 이뤄질 때까지."

"뭐?"

호검이 깜짝 놀라 수정을 쳐다보았다.

"대신 이번 돌아오는 세계요리월드컵 때 꼭 우승해야 해. 그때까지만 기다려 줄 거니까."

"정말?"

호검은 수정의 말에 감동했다.

"응, 난 널 지지하고, 네가 이루고자 하는 꿈도 지지해. 그리고 네가 그 꿈을 꼭 이룰 거라고 생각해."

"고마워, 수정아. 나 정말 열심히 해서 꼭 우승할 거야. 우승하고 싶은 이유가 또 하나 생겼으니까."

호검은 수정의 한쪽 손을 슬며시 잡았다.

수정은 자신의 손을 잡은 호검의 손 위에 살포시 다른 손을 포개고는 빙긋 웃었다. 잠시 손을 꼭 잡고 있던 수정은 갑자기 손을 떼며 정색을 하고 말했다.

"아참! 홍유진이랑은 너무 친하게 지내지 마. 알겠지?"

"알았어. 근데 정말 유진이는 동생일 뿐이야."

"아, 그리고 다른 여자들도!"

"응."

호검은 싱글벙글 웃으며 고개를 끄덕였다.

그리고 둘은 이어진 식사를 맛있게 먹었다.

"이야, 역시 미슐랭이야. 수정아, 맛 어때?"

호검은 기분이 날아갈 듯 좋아서 음식 맛이 더 좋은 것 같았다.

"너무 맛있어. 호호호."

수정도 호검처럼 기분이 좋아서 음식이 더 맛있었다. 둘은

하하 호호거리며 맛있게 요리들을 먹었고, 호텔로 돌아올 때는 손을 잡고 돌아왔다.

그리고 이태리 여행에서 돌아온 날, 공항에서 헤어지면서 호검은 수정을 와락 안았다.

"자주는 연락 못 할 거야."

"알았어. 한눈만 팔지 마."

수정은 호검의 품에 안겨서 그의 귓가에 속삭였다.

호검은 공항에서 헤어질 때를 떠올리며 수정을 안은 듯 베개를 꼬옥 끌어안았다.

그리고 그녀의 생각을 하다가 어느 순간 스르르 잠이 들었다.

*　　*　　*

며칠 후, 드디어 기복과 약속한 한 달이 되었다.

호검은 전날 밤 마지막으로 교쿠를 만들어보느라 늦게 잠이 들었지만, 아침 일찍 일어나 〈복스시〉에 갈 준비를 했다.

호검은 말끔한 차림에 남색 캡 모자를 쓰고 가방에 조리복을 챙겨서 〈복스시〉로 향했다. 호검은 요즘 사람들이 자신을 꽤 알아보는 것 같아 밖에 나갈 때는 뿔테 안경을 쓰거나 모자를 눌러쓰고 다니고 있었다. 모자를 눌러쓰고 버스를 타니 다행히 알아보는 사람은 없었다.

호검은 저번처럼 오전 8시쯤 〈복스시〉에 도착했다. 그리고 이번엔 이미 가게 불도 켜져 있고, 문도 열려 있었다.

"안녕하세요!"

호검은 인사를 하면서 가게 안으로 들어갔다. 호검의 인사 소리에 주방에서 기복과 종배가 뛰쳐나왔다.

"내가 뭐랬어? 올 거랬지?"

기복이 씨익 웃으며 종배에게 말했다. 종배는 믿을 수 없다는 듯 호검에게 물었다.

"와. 진짜 왔네? 너 교쿠 다 연습해 왔어?"

"음, 거의? 바로 만들까요?"

호검이 가방에서 조리복을 주섬주섬 꺼내며 말했다.

"오, 조리복도 준비해 왔어? 잘했군. 재료는 다 준비해 뒀으니까 조리복으로 갈아입고 주방으로 와."

호검이 조리복으로 갈아입고는 주방으로 들어가자, 눈앞에는 다마고야키 나베와 교쿠를 만드는 재료들이 놓여 있었다. 그런데 다마고야키 나베도 두 개, 계란도 두 판, 다른 재료들도 따로 2개씩 준비되어 있었다.

"어? 왜 재료가 다 두 개씩인가요?"

"내가 그러겠다고 했어. 네가 교쿠를 나보다 더 잘 만들면

널 받아주자고 했지."

호검의 물음에 종배가 자신만만하게 답했다.

"아니, 그냥 나 혼자 만든 거 검사해 주셔도 되는데, 도대체 왜?"

"그냥. 재밌잖아?"

종배는 씨익 웃으며 호검에게 니기리미림을 만들 미림과 냄비를 건넸다.

그리하여 호검과 종배의 재미있는(?) 교쿠 만들기 대결이 시작되었다.

* * *

호검과 종배는 교쿠를 만드는 태도부터 굉장히 달랐다. 호검은 진지하고 차분하게 행동하는 반면, 종배는 여유롭고 껄렁껄렁하게 움직였다.

호검은 냄비에 미림을 부을 때에도 천천히 조심스럽게 부었고, 종배는 콸콸콸 쏟아부었다. 종배가 요리하는 걸 보니 종배는 성격이 급한 것 같았다.

'이야, 엄청 빠르네.'

종배는 마를 갈 때도 손이 보이지 않을 정도로 재빨리 절구 방망이를 돌리며 드륵드륵 갈아댔고, 새우도 마찬가지였다.

기복은 옆에서 호검과 종배가 교쿠 만드는 모습을 지켜보다가 종배에게 한마디 했다.

"종배야, 누가 쫓아오냐? 내가 매번 말하지만, 좀 차분히 해봐. 요리는 정성을 다해……."

"아휴, 아버지는 참. 이런 건 빨리 해도 되는 거예요. 이렇게 안 하면 지루해요. 요리도 신나게 하면 좋잖아요. 아, 교쿠 구울 때는 천천히 구울 테니까 걱정 마세요."

종배는 아버지의 충고에 아랑곳하지 않고 자기가 하고 싶은 대로 신나게 요리를 해나갔다.

기복은 포기했다는 듯 고개를 절레절레 저었지만, 호검은 기복과 종배가 티격태격하는 모습이 부러웠다.

'종배는 아버지가 있어서 좋겠다…….'

호검은 물론 돌아가신 양아버지와 항상 사이좋게 지냈었다. 호검은 잠시 아버지 생각을 떠올렸다가 다시 정신을 집중해서 마를 갈았다.

호검은 원래도 요리를 급하게 하는 성격은 아니었고, 또 교쿠를 잘 만들어야 하기 때문에 하나하나 행동을 신중히 했다. 정성을 다하는 호검을 보고 기복은 흡족해했다.

'역시, 중국 요리도 잘하는 친구라 그런지 요리사의 자세가 제대로 되어 있군. 이런 걸 저 녀석이 좀 본받아야 하는데, 쩝.'

기복은 호검을 한참 지켜보다가 종배에게로 시선을 옮겼다. 종배는 재료들을 후딱 준비해 놓더니 잠시 주방 한쪽 의자에 앉아 쉬고 있었다. 그는 호검이 새우를 갈고 있는 걸 보더니 조리대에 턱을 괴며 말했다.

"아직 새우 갈고 있네? 뭐, 내가 좀 기다려 줄게. 나베에 굽는 건 같이 동시에 하는 게 안 심심할 테니까."

호검은 종배를 쳐다보며 피식 웃었다.

"그래, 고맙다."

"야야, 너 쉬지 말고, 여기 흘린 거나 닦아. 요리사는 항상 주변을 깨끗이 해야 한댔잖니! 그리고, 그렇게 막 급하게 재료를 갈아대니 재료가 주변에 다 튀지, 안 튀어?"

"아, 알았어요. 닦으면 되잖아요. 뭐, 별로 튄 것도 없는데 너무 깔끔 떠신단 말이야."

기복의 지적에 종배는 투덜거리며 행주를 가져와서 자신이 흘린 새우며, 계란물 등을 닦았다. 호검은 새우를 다 으깬 뒤 계란을 최대한 거품이 나지 않도록 조심스럽게 풀었다. 그리고 새우와 마 등의 재료를 계란에 넣어서 섞을 때도 매우 조심스러웠다.

'그렇지. 일단 내가 가르쳐 준 대로 잘하고 있어.'

기복은 고개를 끄덕이며 호검의 손놀림을 주시했다.

잠시 후, 드디어 호검도 교쿠를 구울 준비가 다 되었다. 호검과 종배는 나란히 화구 앞에 서서 다마고야키 나베에 살짝 기름을 칠했다.

“자, 이제부터가 진짜 승부지! 잘 보라고. 1년 만에 교쿠 만들기를 마스터한 이 종배님의 실력을! 하하하.”

“으이구, 저, 저! 내가 너 완벽 마스터는 아니랬지! 그리고, 너 성공률이… 끄응.”

기복은 혀를 끌끌 찼다. 하지만 호검은 종배가 그러든지 말든지 별로 상관하지 않고 자신의 교쿠 만드는 데에만 온 신경을 집중하고 있었다.

사실 종배는 그날그날 교쿠의 상태가 달랐다. 그의 성공률은 약 50퍼센트 정도였다.

그래서 가끔 망치게 되면 그날 교쿠는 나가지 않고, 다른 디저트가 대신 나가기도 했다.

호검이 와서 맛을 봤던 날은 마침 오랜만에 교쿠가 굉장히 잘 만들어진 날이었던 것이다.

종배는 그래도 자신이 1년 만에 이 정도 성공률을 보이는 것이 굉장한 일이라고 자부하고 있었다.

그래서 겨우 한 달 정도 연습한, 그것도 딱 한 번 기복이 만드는 것을 본 호검이 절대 자신보다 잘 만들 리 없다고 확신하고 있었다.

호검과 종배는 거의 동시에 다마고야키 나베에 계란물을

부었다.

물론 체에 걸러서 부었는데, 호검은 체에 걸러진 건더기가 전혀 없었고, 종배는 덜 갈아진 마와 새우 살이 일부 걸러져 나왔다. 종배는 눈치를 쓱 보더니 얼른 걸러진 건더기를 음식물 쓰레기통에 툭 털어 버렸다.

'으휴. 그렇게 정신없이 빨리 갈더니만.'

기복은 그저 성질이 급하고 차분하지 못한 종배가 항상 걱정이었다. 그래도 요리에 아주 재능이 없는 건 아닌지 교쿠를 1년 만에 이 정도로 잘 만들어내고 있어 기특하긴 했지만, 기복의 눈에는 아직 한참 모자랐다.

이제 호검과 종배는 젓가락을 들고 나베에 든 계란물에 기포가 보이면 쿡쿡 찔러가며 교쿠를 굽기 시작했다. 교쿠의 관건은 이 기포를 얼마나 없게 하느냐와 불 조절에 있었다.

30분 정도는 호검과 종배가 교쿠를 만드는 모습이 별 차이가 없었다. 그저 기포가 보이면 젓가락으로 찌르는 것뿐이었고, 가끔 불을 확인하는 정도였다.

그런데 30분 정도 지나자 호검이 자신의 나베에 든 계란물이 익은 정도를 뚫어져라 보더니 갑자기 나베를 들어 불에서 내려놓았다.

"으잉? 뭐야, 벌써 야끼바에 넣게?"

기복이 호검의 행동에 놀라 물었고, 종배도 고개를 갸웃거리며 호검을 쳐다보았다.

"아니에요. 제 나름의 불 조절이에요."

"아, 그래?"

호검은 잠시 나베를 불 옆에 내려놓았다가 시간을 확인하고는 조금 이따가 다시 불 위에 나베를 올렸다. 그는 이런 과정을 꽤 여러 번 반복했다.

반면 종배는 나베를 그대로 불 위에 둔 채 젓가락으로 기포만 찔러 없애고 있었다.

약 1시간 반 정도가 흐르자 종배는 호검보다 먼저 나베를 가스 불 위에서 야끼바로 옮겨 넣었다.

"자, 이제 야끼바로 들어갑니다!"

종배가 야끼바에 나베를 넣고 불을 조절했고, 약 10분 정도 후에 호검은 나베가 올려져 있던 화구의 불을 껐다. 그리고 다른 야끼바에 자신의 나베를 넣었고, 호검 역시 세심하게 불을 조절했다.

얼마 후, 드디어 종배의 교쿠가 먼저 완성되었다.

"짜잔! 자, 어때요, 아버지?"

"음, 괜찮네."

"그쵸? 잘 나왔죠? 아하핫."

종배가 어깨를 으쓱거리며 웃었다.

"으이구, 그래. 강 셰프 거 나오면 같이 보면서 얘기하자."

기복과 종배는 잠시 앉아서 호검의 교쿠가 나오길 기다렸다. 15분 정도 지나자 호검이 야끼바에서 나베를 꺼냈고, 완성된 교쿠를 나베에서 꺼내 놓았다.

'좋았어! 이 색깔이야. 기포도 거의 없고, 연습한 대로 됐네! 맛만 좋으면 완벽해.'

호검이 자신이 만든 교쿠를 만족스럽게 바라보았고, 곧이어 기복의 눈치를 살폈다.

기복은 호검의 교쿠를 신기한 듯한 눈빛으로 살펴보고 있었다. 그는 기가 막힌다는 듯 탄식하며 말했다.

"허헛. 저번 달에 내가 교쿠 만드는 법 가르쳐 줬을 때, 진짜 그때 처음 배운 거 맞아?"

"네? 아, 네. 맞습니다."

"이건 좀 말이 안 되는데……. 이게 말이 되나……. 내가 지금까지 이런 사람은 본 적이 없어."

기복은 고개를 갸웃거리며 계속 중얼거렸다.

종배도 호검의 교쿠를 이리저리 보더니 한마디 했다.

"제법이네?"

종배의 말투에는 지금까지 호검이 종배에게서 느껴보지 못한 약간의 긴장감이 어려 있었다.

"아버지, 이제 평가해 주세요."

"그래, 알았다. 둘 다 이거 잘라서 접시 세 개에 한 조각씩 담아봐."

"네!"

호검과 종배는 각자의 교쿠를 기복이 시키는 대로 조심스럽게 교쿠를 잘라서 한 조각씩 접시에 담았다.

"자, 아버지, 이제 우리 먹어봐요."

종배는 호검과 기복에게 자신의 교쿠를 담은 접시를 나눠주려 했다. 그런데 기복이 종배를 막았다.

"잠깐! 기다려."

"네?"

"올 시간이 거의 됐는데……."

"누구요? 아직 11시도 안 됐어요. 손님 오려면 좀 더 있어야……."

그때, 식당 문이 열리는 소리와 함께 기복을 부르는 소리가 들려왔다.

"어이, 이 사장! 우리 왔어."

"오, 마침 때 맞춰 왔군! 둘 다 여기 그냥 있어. 나오지 말고. 알겠지?"

기복이 자신은 홀로 나가면서 종배와 호검에게 말했다.

"네?"

"왜요?"

호검과 종배는 둘 다 의아한 눈빛으로 기복에게 물었다. 그러자 기복은 씨익 웃었다.

"오늘 대결은 블라인드 심사를 할 거거든. 내가 심사 좀 봐달라고 친구들 좀 불렀지."

"예에? 아니, 아버지는 말도 없이……."

종배가 당황해서 입을 삐죽대자, 기복이 태연하게 물었다.

"왜? 자신 있다며?"

"물론, 자신은 있지만……."

"우리끼리 먹어보면 공정한 평가가 안 되잖아? 강 셰프, 안 그래?"

"네, 전 상관없어요."

"칫. 그럼 나도 상관없어요."

기복은 둘에게 가만히 있으라는 손짓을 하고는 홀로 나갔다.

"와줘서 고마워. 하하. 오랜만이지?"

"잘 지냈어? 얼굴이 좋아 보이는데?"

"아, 그래? 하하하. 황 사장은 장사 잘되지?"

"그냥 그래. 나보다 여기 안 사장이 장사 잘되지."

"뭐, 부정할 순 없지만, 나가는 돈이 많아. 아하하."

호검과 종배가 주방에서 들어보니 오늘 심사를 봐줄 기복의 세 친구들은 모두 일식 요리사인 듯했다. 셋은 모두 기복이 일본에서 일식을 배울 때 만나게 된 친구들이었고, 그중

두 명은 오너 셰프, 나머지 한 명은 식당을 하려고 알아보는 중이라고 했다.

기복은 친구들과 간단히 인사를 나눈 다음 다시 주방으로 들어와서 호검과 종배의 교쿠를 담아둔 접시들을 가지고 나갔다.

기복은 호검의 접시 밑에는 물 묻은 김을 조금 떼어 붙여서 나중에 누구 것인지 구분할 수 있도록 해두었다.

"자, 일단 맛을 봐주십시오, 셰프님들."

"이 사장이 데리고 있는 애들이 만든 거라고 했지?"

"맞아. 둘 중 어떤 게 더 맛있는지만 골라주면 돼."

기복이 팔짱을 끼며 말했다.

"오케이! 그럼 어디 맛을 봐볼까. 오, 보기에는 둘 다 그럴듯해 보이는데?"

세 친구는 동시에 젓가락을 들고 두 가지 교쿠를 맛보기 시작했다. 종배는 궁금해서 못 참겠는지 식당에서 고개를 빼꼼 내밀고 그들을 지켜보았다. 호검도 궁금했지만, 이따가 결과가 나오면 알게 될 것이니 그냥 참고 기다리고 있었다.

"하나는 쏘쏘(so so), 다른 하나는 기똥차게 맛있군."

"이거 말하는 거지? 보기에도 색이 기가 막힌데, 맛은 더 기가 막히는군. 허허."

"누구야? 누가 이렇게 교쿠를 잘 만들었어? 이게 감으로 간도 맞추고, 익히는 것도 감으로 해야 하는 거잖아. 그래서 제대로 만드는 데 오래 걸리는 거고."

황 사장은 주방 안을 엿보려고 자리에서 벌떡 일어났다. 그 모습에 종배는 깜짝 놀라 빼꼼 내밀었던 얼굴을 얼른 숨겼다. 기복은 황 사장을 자리에 도로 앉히며 말했다.

"아이고, 황 사장, 오늘은 그냥 골라주고 가면 돼."

"근데 진짜 배우는 중인 애 맞아? 이 교쿠만 보면 거의 일류 요리사급인데? 아, 엄청 궁금하다……."

"하하하. 다음에 알려줄게. 자, 다들 더 맛있었던 교쿠의 접시에 젓가락 놔줘."

종배는 세 친구들의 말을 들으며 주방에서 싱글벙글 웃고 있었다.

'이제야 아버지가 날 인정해 주시겠군.'

호검은 혹시라도 지면 그다음엔 어떻게 해야 할지 고민 중이었다.

잠시 후, 세 친구들은 평가만 하고 바로 식당을 나갔다. 그리고 그들이 식당 문을 열고 나가는 소리가 들리자마자 종배가 홀로 뛰어나가며 외쳤다.

"봐요, 아버지! 이제 제 실력을 아시겠죠? 하하하."

"무슨 소리야?"

"아까 아버지 친구들이 막 칭찬하는 거 들으셨잖아요! 제가 이 정도라니까요. 훗.”

기복은 갑자기 종배를 안쓰러운 눈빛으로 쳐다보았다. 그러고는 젓가락이 놓인 접시를 휙 뒤집어 종배에게 보였다. 그러자 종배의 입가의 미소가 순식간에 사라졌다.

* * *

기복이 뒤집어서 보여준 접시의 밑바닥에는 김이 붙어 있었다. 바로 호검이 만든 교쿠였던 것이다.

“아니, 말도 안 돼!”

종배는 당황한 표정이 역력했다. 그는 기복에게서 접시를 빼앗아 김이 붙은 게 맞는지 눈을 크게 뜨고 다시 확인했다.

호검은 속으로 기분이 좋았지만, 종배가 너무 실망한 듯해서 차마 좋아할 수가 없었다. 그래서 호검은 종배의 눈치를 보며 그의 곁에 가만히 서 있었다.

종배는 씩씩대며 기복이 가져온 접시를 확인하더니, 이내 다른 두 사람이 남기고 간 접시를 확인하러 갔다.

그는 테이블로 가서는 젓가락이 올려진 남은 두 접시를 차례로 휙 뒤집어 보았다.

“으……. 이건 정말 말도 안 돼!”

역시 종배가 뒤집어 본 나머지 두 접시의 밑면에는 김이 붙어 있었다. 만장일치로 호겸의 교쿠가 더 맛있다고 선택된 것이다.

종배는 충격을 받은 듯 그 자리에 돌처럼 굳어 있었고, 그 사이 기복은 주방으로 들어가서 호겸과 종배의 교쿠를 몇 조각 가져왔다.

"자, 직접 먹어봐. 말이 되는지 안 되는지."

종배는 얼른 호겸이 만든 교쿠를 입에 넣었다. 기복도 아직 교쿠 맛을 보지 않은 터라 종배를 따라 교쿠를 한입 베어 물었다. 호겸도 조심스럽게 자신이 만든 교쿠를 맛보려고 손을 뻗었는데, 종배와 기복이 동시에 호겸을 홱 돌아보았다.

"어… 왜, 왜요?"

호겸이 교쿠로 향하던 손을 멈추고 물었다. 종배는 무슨 말을 해야 할지 몰라 아무 말도 하지 않고 그저 놀란 눈으로 호겸을 바라보고 있었고, 대신 기복이 말문을 열었다.

"정말 한 달이야? 그전에 교쿠 만드는 거 배운 적 없어?"

"네, 정말이에요."

"허, 참."

종배는 이제 호겸에게서 시선을 떼고 자신이 만든 교쿠를 슬며시 입에 넣었다. 그리고 기복도 종배의 교쿠를 맛보았고, 호겸도 자신의 교쿠와 종배의 교쿠를 그제야 맛볼 수 있었다.

'와, 내 거 정말 잘됐네! 종배 건 뭐…….'

종배는 자신의 교쿠를 맛본 다음 잠시 뚱한 표정으로 있더니, 이내 전처럼 밝은 표정으로 돌아와 말했다.

"에이, 솔직히 호검이 것이 더 맛있는 건 인정! 근데 제 거도 맛있지 않아요, 아버지?"

"그래, 잘했다."

기복은 종배도 칭찬해 주었다. 사실 종배도 상중하로 치자면 중 정도는 되는 교쿠를 만들어냈다. 호검이 최상의 교쿠를 만들어서 그렇지.

"아무튼, 그럼 호검이는 여기서 일 배울 수 있겠네요?"

종배는 화통한 성격이었다. 그는 자신의 패배를 깨끗이 인정했고, 호검에게 축하 인사를 건넸다.

"축하한다! 이제 내 동료가 되는 거네?"

"고마워."

종배와 호검은 악수를 했다. 이어 호검은 기복에게 물었다.

"이 셰프님! 저 그럼 정말 이제 여기서 일 배울 수 있는 거죠?"

"응. 당장 내일부터 나와도 좋고, 일 있으면 며칠 후부터 나와도 돼."

"당장 내일부터 출근하겠습니다! 감사합니다!"

호검은 기뻐서 함박웃음을 지으며 연신 인사를 했다.

'김완덕 셰프의 양피지에서 보고 혼자 연습하고, 모르는 건

이 셰프님한테 물어보고, 실전 경험은 여기서 쌓고. 그럼 되겠다! 좋았어!'

드디어 호검에게 두 명의 일본 요리 스승이 생겼다. 호검은 두 명의 스승이 있으니 이제 일본 요리에 대한 걱정은 말끔히 사라졌다.

"야야, 근데 여기 나오면 고생 시작이야. 그렇게 고마워할 일은 아니라고 봐. 큭."

종배는 또 호검에게 장난을 치며 말했고, 기복은 종배를 흘겨보았다.

사실 기복은 호검이 만약 교쿠 대결에서 진다고 하더라도 받아줄 생각이었다. 기복은 호검 자체도 마음에 들었던 데다가, 호검이 종배에게 좋은 자극제가 될 것이란 생각도 들었기 때문이다.

종배의 입장에서도 호검이 여기서 일을 배우는 것이 나쁘지 않았다. 또래라고는 없으니 심심하기도 했고, 호검이 일을 같이하면 일도 적어질 테니까.

그리고 이미 유명한 천학수의 제자인 호검이 여기 남아서 일식을 하겠다고 할 것 같지도 않았다. 그러니까 라이벌이라기보다는 그냥 친구 같은 느낌이었던 것이다.

"아! 오늘 할 일 없으면 우리 일하는 거 구경하고 가도 돼. 그쵸, 아버지?"

"그럼."

"정말요? 그럼 저 구경할래요. 뭐 단순 작업 시키셔도 되고요."

"그래, 오늘 이거 교쿠 만들기 대결하느라 시간이 없네? 얼른 점심 준비해야겠다. 종배, 강 셰프, 얼른 와!"

"셰프님, 이제 말씀 편하게 하세요. 이름 불러주세요, 이름이요."

"아, 그럴까? 오케이. 종배, 호검이, 따라와!"

종배와 호검은 서로를 쳐다보며 웃더니 동시에 대답했다.

"네!"

* * *

다음 날, 호검은 콧노래를 부르며 〈복스시〉에 출근할 준비를 하고 있었다. 호검이 콧노래를 흥얼거리자 정국이 물었다.

"그렇게 좋냐?"

"그럼!"

호검은 고개를 크게 끄덕이며 대답했다.

"근데, 그래도 무급은 좀. 무급이란 말은 하지 말지."

정국은 호검이 돈도 안 받고 일하러 간다는 게 이해가 되지 않는 모양이었다.

"거기 원래 직원이 더 필요 없는 데라서 무급 아니면 들어가지도 못해. 그리고 난 거기서 돈을 버는 게 목적은 아니니까. 강 이사님 요리해 주러 좀 자주 가지, 뭐. 하하."

"하긴. 그게 더 나을지도 모르겠다. 근데 너 모아둔 돈도 꽤 되지 않냐?"

"응. 맨날 일하러 갔다가 집에 오면 시간이 늦으니까 돈 쓸 시간이 없어. 큭. 나 먼저 간다!"

"그래, 잘 갔다 와. 아참, 야!"

"응? 왜?"

호검이 현관문을 열고 반쯤 나가다가 정국의 외침에 뒤를 돌아보았다. 그러자 정국은 호검의 머리에 모자를 탁 씌워주었다.

"모자 쓰고 가야지!"

"아, 맞다! 땡큐! 나 진짜 간다."

호검은 정국이 씌워준 모자를 제대로 고쳐 쓰면서 집을 나섰다.

"안녕하세요!"

호검이 〈복스시〉로 들어서며 기복에게 활기차게 인사를 했다.

"어, 왔어? 조리복부터 갈아입어."

"네! 오늘도 교쿠부터 만드나요?"

호검이 조리복으로 갈아입으면서 기복에게 물었다. 그러자 종배가 불쑥 나타나 대답했다.

"아니! 어제 교쿠 잔뜩 만들어놨잖아. 오늘은 후시도리도 하고, 미소시루도 만들어놓고……."

"후시도리? 후시도리가 뭐야?"

"너 정말 아무것도 모르는 구나?"

"응. 일본어도 잘 몰라……. 엇!"

호검이 후시도리를 모른다고 말하는데, 순간 그의 머릿속에서 그 뜻이 떠올랐다. 김완덕의 일본 요리 마스터 양피지가 작동한 것이다.

"후시도리는 회를 뜨기 위해서 생선을 손질하고 크기를 조절해 놓는 거야. 즉……."

호검이 모른다고 하니 기복이 설명을 해주기 시작했는데, 호검은 이미 뜻을 깨달았다.

"생선 머리를 잘라내고 배를 갈라서 등 쪽 살과 배 쪽 살로 나누는 거 말씀이시죠?"

"으응. 모른다며?"

"아, 그게, 생선 손질을 그렇게 하잖아요. 명칭을 몰라서 그렇지 중식에서도 회는 뜨기 때문에 어떻게 하는지는 대충 알거든요."

"아, 그렇지?"

호검은 대충 얼버무리며 대답했고, 앞으로 모른다는 말은 하지 말아야겠다고 생각했다. 모르는 단어가 있으며 머릿속에 기억된 김완덕의 일본 요리 마스터 양피지가 거의 다 알려줄 테니까 말이다.

"오, 그럼 회 잘 뜨겠네? 아버지! 호검이가 중식에서도 회 떠봤다니까 우리 시켜봐요!"

"응? 그럴까? 호검아, 할 수 있겠어?"

"아버지, 제가 어젯밤에 인터넷 좀 뒤져봤는데, 얘 칼질 고수라던데요?"

"뭐? 정말이야?"

기복이 놀란 토끼 눈을 하고 호검을 쳐다보았다.

"아, 아하하. 그렇긴 한데, 후시도리하는 방식이 중식이랑 일식이랑 같은지 모르겠네요."

"후시도리는 한식, 일식, 중식 거의 다 비슷해. 한번 해볼래?"

"네, 그럼……."

호검이 주방으로 들어가 후시도리하는 도마 앞에 섰다. 그러자, 기복은 우로꼬도리, 즉 비늘을 벗겨 기초 손질된 도미 한 마리를 가져왔다.

"자, 이거 도미야. 일본 말로는 다이라고 하지. 내가 지금 막

우로꼬도리한 거야."

'우로꼬도리. 비늘치기. 꼬리 쪽에서 머리 쪽으로 비늘을 일으켜 벗겨낸다…….'

호검이 도미를 살펴보며 고개를 끄덕였다. 그런데 종배는 도미를 건네는 기복을 보더니 놀라 물었다.

"아버지, 아무리 그래도 도미를……! 얘가 망치면 어떡할라고 그래요?"

종배는 호검이 자칫 실수해서 도미를 못 쓰게 될까봐 걱정이 되는 듯했다. 하지만 기복은 지금까지 호검을 본 바로 호검을 꽤 신뢰하고 있었다.

"잘할 거 같은데? 걱정 마. 자, 호검아, 이걸 산마이 오로시해."

"산마이 오로시……. 아! 3장 뜨기요? 알겠습니다!"

호검은 기복이 일본어로 말해도 이제 바로바로 해석이 되었다. 3장 뜨기란 윗 살, 밑 살, 그리고 뼈로 나누는 것을 말했다.

"아, 도미꼬리조림 해야 하니까 꼬리 끝까지 하지 말고."

"네, 알겠습니다."

이제 호검은 도마 주변을 두리번거리며 도미 3장 뜨기에 사용할 칼을 물색했다.

'엇. 이건 데바보쵸, 타코비키, 니쿠기리보쵸, 우수바보쵸?'

호검이 도마 옆에 쭉 놓여 있는 칼들을 쳐다보는데 칼 모양에 따라 다른 이름이 그의 머릿속에 떠올랐다.

'데바보쵸는 생선 밑 손질과 살과 뼈 분리할 때 사용하는 거고, 다꼬비키는 회칼이네. 응? 히라즈쿠리를 하는데 사용하는? 히라즈쿠리? 히라즈쿠리는 칼을 힘 있게 당겨 살을 평평하게 써는 것, 아하! 니쿠기리보쵸는 육류 써는 칼, 우수바보쵸는 야채 다루는 칼……'

호검은 이번엔 일본 요리에 사용되는 도구들을 보기만 해도 그 명칭과 용도가 머릿속에 파바박 떠올랐다.

'와, 이렇게 바로바로 이해하고 실습하면 일본 요리 금방 다 배우겠는데? 흐흐. 신난다! 역시 여기 와서 배우겠다고 하길 잘했어.'

칼의 명칭과 용도를 파악한 호검은 데바보쵸를 집어 들었다. 그리고 조심스럽지만 날렵하게 도미를 후시도리하기 시작했다.

스윽 스윽.

그리고 이번에는 김완덕이 도미를 후시도리하는 모습이 영상으로 떠올랐다.

물론 호검은 중식에서 도미창이란 요리를 할 때 도미를 3장 뜨기 하고 회도 쳐봤기에 도미를 후시도리하기는 쉬웠다.

하지만 다른 일본 요리는 잘 못하기 때문에 이렇게 일본 요리를 할 때마다 김완덕이 하는 모습을 영상으로 떠올린다면 호검이 일본 요리를 하는 데 굉장히 도움이 많이 될 것이었다.

물론 요리라는 게 요리사마다 각자의 방식이 다르니 조금씩은 다르겠지만 말이다.

"다 됐어요."

"역시! 손도 빠르고 정확하기도 하군. 잘했어."

"오, 얘는 스시도 금방 만들겠는데요? 허허, 참."

종배는 이제 아예 호검이 자신보다 더 잘한다고 인정을 해버린 것 같았다.

"이건 그냥 해봐서 그런 거예요. 다른 건 거의 다 잘 몰라요. 잘 가르쳐 주세요."

호검은 겸손하게 말했다.

"저, 그럼 이제 뭐 할까요?"

"음……."

기복이 호검에게 무엇을 시킬까 잠시 고민하고 있는데, 주방에 달린 방에서 기복의 아내가 모습을 드러냈다.

"아, 오늘부터 온다더니. 왔네?"

기복의 아내는 살집이 좀 있어 통통하고 인상이 좋아 보였다. 그녀는 잠깐 친정에 갔다가 어젯밤에 집에 돌아와서 호검을 오늘에서야 처음 보는 것이었다.

"안녕하세요! 저번에 만들어주셨던 가츠동 정말 맛있었어요!"

"아……. 갑자기 나보고 메뉴에도 없는 가츠동 만들어달라고 했던 게……. 반가워, 호호."

"저도 반갑습니다. 앞으로 잘 부탁드려요. 아, 사모님께서도 일식 잘 만드신다고 하시던데, 가츠동 같은 덮밥류를 잘 만드시는 거예요? 돈가스나 그런 거요?"

호검의 질문에 또 종배가 끼어들었다. 종배는 남의 질문에 대한 답을 대신 해주는 게 취미인 듯했다.

"응. 우리 엄마가 스시 빼고는 아버지보다 더 잘 만들걸? 우리 엄마 손에 열이 너무 많아서 스시를 못 만들거든."

"아……."

"오호호호. 내가 좀 불같은 여자지."

역시 기복의 아내도 웃음이 많고 밝았다.

"그래도 스시 말고는 더 잘 만드신다니 숨은 고수신가 보네요. 저도 많이 가르쳐 주세요."

호검이 꾸벅 인사를 하며 부탁했다.

"호호호. 그래요. 난 밥 지어야겠다. 종배야 쌀 좀 퍼 와."

"네, 엄마."

"참, 여보! 당신 전화 왔었는데, 참. 내가 받으려다가 끊겼어요. 여기."

기복의 아내가 기복에게 휴대폰을 건넸다.

"아침부터 무슨 전화? 황 사장이네? 무슨 일이지?"

기복은 바로 전화를 걸기 시작했다.

호검은 기복이 뭔가 일을 시키길 옆에 서서 기다리고 있었는데, 어디선가 희미하게 음악 소리가 들려왔다.

"누구 전화 오는가 본데? 호검이 거 아니야?"

"엇. 제 것인가 봐요."

호검은 주방 한쪽에 둔 자신의 재킷 주머니에서 휴대폰을 꺼냈다.

4. 숨은 고수

"전화받고 와. 어, 황 사장!"

기복은 호검에게 전화를 받으라고 했고, 자신은 친구인 황 사장과 통화를 시작했다.

"웬일이야, 아침부터?"

—어제 우리가 맛본 그 교쿠 말이야, 그거 진짜 이 사장이 데리고 있는 애들이 만든 거 맞아?"

"응. 왜?"

—얼마나 데리고 있던 애야?

"음… 얼마 안 데리고 있었어. 근데 왜?"

갑작스러운 황 사장의 물음에 기복은 뭐라 답할지 몰라 대충 얼버무렸다.

—실은 우리 가게에서 요리사가 더 필요한데, 그 애 좀 소개해 주면 안 될까? 이 사장네는 작은 가게라서 원래 직원 별로 필요 없잖아? 하나만 있으면 되고, 또 이 사장이 거의 다 하니까 직원이 그렇게 실력 있을 필요도 없고 말이야.

"에이, 얘는 그 정도 실력은 아직 안 돼. 더 배워야 해. 지금 이제 겨우 교쿠 만드는 법만 배운 애거든."

—아, 그래? 근데 교쿠를 그렇게 잘 만든다고?

"그러게."

—음… 알겠어. 나중에 한번 봐.

전화를 끊은 황 사장은 입을 삐죽댔다.

'쳇. 소개해 주기 싫으니까 그러는구만.'

황 사장은 기복의 말을 믿지 않았다. 교쿠를 그 정도로 만든다면 어느 정도 연차가 있다는 말인데, 그럼 당연히 다른 것들도 다 잘 만들 수밖에 없다.

'언제 한번 기복이네 식당에 갑자기 가봐야지.'

한편, 호겸은 잠시 식당 밖에서 전화를 받고 있었다. 전화의 상대방은 바로 김 피디였다.

"아, 셰프 특집 녹화 날짜가 잡혔다고요?"

—네. 미리 말씀드리는 거예요. 앞으로 1달 후예요. 그러니까 11월 중순쯤이요.

"음, 그럼 셰프 특집은 어떻게 꾸며지나요?"

—그동안 〈셰프의 비법〉에 나왔던 한식, 중식, 양식, 일식 요리사들 4명을 섭외할 거고요. 일단은 각자가 준비해 온 요리를 다른 요리사 한 명이 배우는 그런 쪽으로 생각하고 있어요.

"아하. 그럼 한식 요리사는 중식 요리를 배우고, 중식 요리사는 한식 요리를 배우고 이런 식으로요?"

—네, 그렇죠.

"흥미롭네요. 그럼 중식은 제가 나가는 거고, 다른 요리사들은 확정이 되었나요?

—강 셰프한테 처음으로 섭외 전화 하는 거라서, 다른 분들은 아직……. 확정되면 알려 드릴게요.

"네, 알겠습니다. 감사합니다."

호검은 전화를 끊고 곧바로 주방으로 다시 들어왔다. 기복의 아내인 주현영은 종배가 가져온 쌀을 씻어 건져놓았다.

"밥 바로 안 지으세요?"

호검이 바구니에 받쳐 놓은 쌀을 보고 현영에게 물었다.

보통 밥을 바로 안 지어도 물에 불려 놓았다가 짓는데, 현영은 쌀의 물기를 빼고 있으니 궁금했던 것이다.

"이렇게 한 40분 정도 뒀다가 지을 거야. 좀 되게 지어야 하니까 그래."

"아하……."

현영은 다음으로 미소시루를 만들려는지 물에 다시마를 넣어 불에 얹어놓았다. 종배는 김을 굽기 시작했고, 기복은 고등어를 손질하기 시작했다.

"고등어 스시 만드시게요?"

"응. 초절임해서 시메사바스시 만들려고. 우리 집 스시 코스 요리에 쓰이는 생선은 내 마음대로 그날그날 다르게 나가거든. 고등어가 10월에서 12월이 딱 제철이야."

호검은 생선이 언제가 제철인지는 잘 몰랐다. 이태리 요리에서도 생선을 많이 사용하진 않고, 중식도 사용하긴 하지만 보통 회로 잘 안 먹어서 그런지 크게 제철이 상관없었기 때문이다. 하지만 스시는 익히지 않고 회로 먹는 것이기에 생선 자체가 가장 맛있는 때를 찾는 것이 중요한 듯했다.

"아하. 고등어는 원래 이렇게 초절임해서 스시를 만드는 거예요?"

"꼭 그런 건 아니고, 생으로 스시를 만들기도 해. 근데 고등어는 원래 좀 비린 생선이라서 초절임으로 하는 게 거부감 없고 좋지."

호검은 연신 고개를 끄덕이며 기복의 설명을 들었다.

"고등어가 아주 실하네. 이거도 산마이 오로시 할 거야. 내 거 구경하려면 하고, 다른 사람들 거 구경하려면 하고. 마음대로 해도 돼."

"전 이 시메사바스시 만드는 거 구경할래요."

"그래, 그럼."

기복은 고등어를 3장 뜨기 한 다음 대나무 소쿠리에 소금을 뿌리고 회 뜬 고등어를 놓았다. 그리고 그 위에 또 소금을 소복이 뿌렸다.

"와, 이렇게 소금 많이 해도 안 짜요?"

"괜찮아. 이거 이렇게 1시간 정도 뒀다가 식초에 담가서 또 한 30분 둬야 해. 그사이에 방어 손질해야겠다."

호검은 기복과 종배, 그리고 현영 곁을 오가며 일도 돕고 재료를 준비하는 것도 구경했다. 얼마 후, 밥이 다 되자 현영은 호검을 불렀다.

"호검아, 이리 와서 이 밥 좀 섞어볼래?"

"네!"

호검은 현영의 부름에 냉큼 그녀에게 달려갔다.

"자, 여기 이 초밥 초를 내가 조금씩 부어줄 테니까 밥을 섞어봐. 여기서 중요한 건 밥알이 으깨지지 않게 살살 옆으로 자르는 듯이 섞어야 한단 거야. 이렇게."

현영은 몇 번 시범을 보여주더니 나무 주걱을 호검에게 넘겼다.

호검은 고슬고슬하게 잘 지어진 밥을 조심조심 섞었고, 현영은 만족스러워했다.

"아주 잘하네!"

물론 호검은 잘할 수밖에 없었다. 그의 머릿속에서 김완덕이 스시를 만들기 위해 초밥을 섞는 모습이 저절로 재생되어 보였으니까.

호검은 그냥 그걸 그냥 따라 하기만 하면 되었다.

재료를 준비하는 시간은 빨리 지나갔고, 드디어 오픈 시간이 되었다. 호검은 사실 홀에 나가서 기복이 스시를 즉석에서 만드는 모습을 관찰하고 싶었다.

'아, 저기 바로 옆에서 구경하면 좋은데…….'

그런데 호검의 얼굴이 꽤 알려진 터라 선뜻 홀에 나가서 구경하겠다고 말하기가 그랬다.

호검의 머릿속에 김완덕이 스시를 만드는 모습이 기억되어 있긴 했지만, 기복이 회를 뜨는 모습이나 밥을 잡는 모습 등이 조금 다를 수도 있었다.

기복도 이왕 가르쳐 주기로 한 거 스시 만드는 것도 가까이서 보게 해줘야 하는데 어떡할까 고민하다가 브레이크 타임이 되자 호검에게 말했다.

"호겸아, 어차피 너도 맛을 봐야 하니까, 점심을 스시로 먹어. 내가 직접 여기서 스시를 만들어서 널 주면, 넌 바로 맛을 보는 거지."

"와, 그럼 얘는 점심마다 우리 집 스시 코스 먹는 거네요? 야, 너 땡잡은 거야. 우리 집 스시 코스 비싼 거 알지?"

종배가 지나가다가 기복의 말을 듣고는 여느 때처럼 끼어들었다.

"네! 감사합니다."

"뭐, 맨날 그럴 순 없고, 어느 정도 맛도 알고 만들 줄도 알게 될 때까지만 그렇게 하자."

호겸은 기복의 배려로 스시도 마음껏 맛보고 만드는 모습도 잘 관찰할 수 있게 되었다.

"생선마다 회 뜨는 모습도 조금씩 달라. 보통은 히키 즈쿠리, 즉 칼을 비스듬히 해서 45도 각도로 당기면서 얇게 자르는 방식을 쓰는데, 이 시메사바는 칼집을 두 번 넣고 이렇게 거의 수직으로 잘라. 물론 시메사바도 히키 즈쿠리로 잘라도 돼."

기복은 호겸에게 스시용 회를 자르는 방법도 알려주고 샤리(초밥용 밥)를 쥐는 방법도 알려주었다.

"밥알이 손에 붙지 않도록 테즈를 이렇게 묻히고……."

호겸은 매의 눈으로 기복의 손을 잘 살폈고, 김완덕이 하는 것과 어떻게 다른지도 비교했다. 역시 김완덕이 만드는 모습과 조금 차이가 있었다.

'일단 이 사장님이 만드는 게 밥 양이 좀 적고… 밥 가운데를 꾹 누른 다음에 반을 접듯이 둥글게 만드는구나.'

호검은 여러 종류의 스시를 구경하고 맛도 보았다. 그는 생선의 다른 맛을 기억하며 기복이 만들어 주는 스시를 열심히 먹었다.

"와, 맛있네요. 생선들이 싱싱하기도 하고 단맛도 나고요. 전 회가 비싸서 많이 먹어보진 못했지만, 우리는 거의 초고추장을 많이 찍어 먹어서 초고추장 맛으로 많이 먹는데, 이건 생선 고유의 맛이 다 살아 있어요!"

"그래서 스시는 재료가 싱싱해야 해. 그게 가장 중요하지. 우리는 아침에 산지 직송으로 생선을 받아."

"아하."

호검은 스시를 먹으면서 기복의 설명도 듣다가 문득 궁금한 점이 생겨 물었다.

"근데, 종배랑 사모님은 점심으로 뭐 드세요? 스시는 안 드세요?"

"하핫. 스시는 잘 안 먹어. 이거 만들고 연습하고 하느라고 수도 없이 맛보고 하니까, 그냥 일본 가정식 그런 거 해 먹지. 아마 지금 방에서 아까 좀 많이 만들어놨던 방어간장구이랑 유부 들어간 미소시루 먹고 있을걸?"

"아, 천 셰프님도 중식 별로 안 좋아하세요. 하도 많이 드셔서요. 하하. 근데 셰프님은 스시 잘 드시는 것 같은데요?"

기복은 호검에게 스시를 만들어 주면서 간간이 자기도 먹고 있었다.

"응. 난 안 질려. 스시 마니아지. 하핫. 그래서 내가 일식이 딱 적성이라고 맨날 그래."

기복은 허허 웃으며 스시를 스스로 만들어 입에 또 넣었다.

"정말 적성에 딱 맞으시네요. 하하. 음, 근데요, 사모님은……."

"응? 우리 마누라는 왜?"

"음, 사모님은 아침에 준비만 해주시고 영업시간에는……."

호검이 보니 기복의 아내인 현영은 아침에 재료 준비만 도와주고 영업 중에는 별일을 하지 않았다.

"아하. 우리 마누라는 따로 점심 차리거나, 좀 바쁠 때만 도와주고 영업시간에는 쉬어. 뭐, 보다시피 그렇게 손님이 많지 않으니까 다 같이 고생할 필요 뭐 있어?"

"그렇죠. 근데 스시 말고는 사모님이 더 잘 만드신다고 하셨는데, 그럼 오코노미야키나 라멘, 규동 이런 종류를 말씀하시는 거예요?"

"응. 맞아. 그런 거 다 잘 만들지. 사실 라멘집을 할까도 했는데, 그럼 우리 마누라가 너무 고생할 것 같아서 스시집을 하게 된 거야. 몸도 약한 편이거든."

호검은 알겠다는 듯 고개를 끄덕였다.

'난 사실 그런 걸 배워야 하는데…….'

호검의 목적은 스시집을 하는 게 아니라, 세계 대회에 나가는 것이다. 그런데 스시 같은 경우에는 창의적인 요리에 접목시킬 만한 음식이 아니라서 호검에게 그다지 많은 도움이 되는 요리는 아니었다. 물론 생선 손질하는 것이나 다양한 생선들의 맛 등을 알 수 있게 되지만, 호검은 다른 일본 요리들을 더 배우고 싶었다.

호검은 현영이 몸도 약한 편이고, 기복이 일부러 쉬게 하는데 그 요리들을 가르쳐 달라고 하기는 미안했다. 호검이 고민하는 듯 잠시 아무 말 않고 있자, 기복이 대뜸 물었다.

"왜, 그런 거 배우고 싶어?"

"네? 아, 뭐, 일본 요리는 다 배우고 싶어서요. 하핫."

호검이 자신의 생각을 들킨 것 같아 멋쩍게 웃으며 대답했다.

"음, 난 우리 마누라한테 이래라저래라 못 하거든. 그러니까 마누라가 널 가르쳐 주고 싶은 마음이 들어야 가르쳐 주는 거란 말이지. 네가 직접 부탁해 봐도 되고."

"아, 네. 알겠습니다."

호겸은 조만간 현영에게 부탁을 해봐야겠다고 생각했다.

"사실 네가 영업 중에 일하면서 배우는 건 거의 여기서 파는 메뉴들뿐이잖아. 내가 따로 다른 요리들을 가르쳐 줄 수도 있긴 한데, 영업시간 외에 가르쳐 줘야 하니까 나도 좀 부담이고 너도 힘들지."

기복도 자신이 가르쳐 주는 것에는 한계가 있다는 걸 알고 있었다.

"에이, 근데 나한테 여기 스시 만드는 거 배우는 것도 꽤 오래 걸릴 텐데. 스시 만드는 게 디테일이 굉장히 필요하거든. 그래서 연습도 많이 해야 할 거야."

기복은 교쿠를 금방 마스터하긴 했지만 교쿠는 교쿠고, 스시는 또 다를 거라고 생각했다.

"네, 아직은 사장님께 더 배워야죠."

"그래, 뭐. 나중에 우리 마누라랑 좀 더 친해지고 그럼 한두 개 슬쩍 물어보고 그래. 그럼 안 알려주진 않을 거야."

그때, 현영이 주방에서 홀로 고개를 내밀며 기복에게 물었다.

"여보, 와서 밥 안 먹어요?"

"스시 좀 먹긴 했는데, 음, 갈게."

"나 지금 가츠동 하려고 하는데. 종배가 먹고 싶대서. 당신도 해줘요?"

"그래. 그거 먹지, 뭐."

"호검아, 너도 먹을래?"

현영의 물음에 호검은 갑자기 자리에서 벌떡 일어나 말했다.

"가츠동 그거, 제가 해 드릴게요!"

*　　　*　　　*

"네가? 가츠동 만들 줄 알아?"

기복이 눈이 동그래져서 호검을 쳐다보았다. 방금까지 다른 일본 요리들도 배우고 싶다면서 말하던 호검이 가츠동은 만들 줄 안다니 의아했던 것이다.

"네, 만들 수 있을 것 같아요!"

현영도 의아한 표정을 지었다가 이내 호검에게 말했다.

"아니야. 괜찮아. 내가 만드는 가츠동은 다른 집 거랑 다르거든. 그리고 우리 종배는 내가 만든 가츠동만 먹어."

현영은 괜찮다면서 다시 주방으로 들어가려고 했다. 그러자 호검은 얼른 현영을 쫓아가며 소리쳤다.

"사모님이 만드신 거랑 똑같이 만들 수 있어요!"

"응?"

"뭐?"

호검의 말에 기복과 현영이 놀라 호검을 돌아보며 동시에 외쳤다. 기복과 현영이 보니 호검의 표정은 사뭇 비장해서 거짓말은 아닌 것 같았다.

"내가 만든 것처럼 가츠동을 만들 수 있다고? 언제 내가 만든 가츠동 먹어봤었니?"

"그러게……. 아! 생각났다! 저번에 내가 자기한테 가츠동 하나 만들어달라고 했던 적 있었잖아. 그때 그거 호검이 만들어준 거였긴 한데……."

그랬다. 호검은 그 가츠동을 먹어보고 레시피를 파악했고, 또 집에서 한두 번 해 먹어보기도 했다. 그래서 호검은 현영의 가츠동을 똑같이 만들 자신이 있었다.

"아……. 근데 먹어본 건 그렇다 치고, 한 번 먹어봤는데 똑같이 만들 수 있다는 거니?"

현영은 여전히 믿을 수 없다는 듯 호검에게 물었고, 호검은 간절하게 말했다.

"음, 그게, 한번 만들어볼게요. 맡겨주세요! 네?"

기복과 현영은 호검이 이렇게 자신 있게 말하니 정말 현영이 만든 가츠동과 똑같은 가츠동을 만들 수 있을지 궁금해졌다. 둘은 서로 눈빛을 주고받더니 고개를 끄덕였다.

"그래, 한번 해봐."

"감사합니다!"

현영은 돈가츠용 돼지고기를 꺼내다 주었고, 호검은 돼지고기부터 소금, 후추 간을 해두었다. 그리고 이어 소스에 들어가는 채소들을 준비했다.

"건표고버섯은 어디 있나요?"

"아, 여기 있어."

현영이 건표고버섯을 호검에게 건네자, 호검은 미지근한 물에 건표고버섯을 불렸다. 이어 양파, 대파 등을 썰어둔 다음, 표고버섯이 어느 정도 불자, 표고버섯도 채 썰어두었다.

"이거 돈가츠 빵가루는 식빵 직접 갈아서 쓰시는 거죠? 식빵이랑 믹서 좀……."

이번엔 기복이 얼른 식빵과 믹서기를 가져다주었다.

호검은 사실 일식 돈가츠처럼 두꺼운 고기로 된 돈가츠는 빵가루를 어떤 걸 쓰는지 몰랐었는데, 김완덕의 일본 요리 마스터 양피지를 보고 알게 되었다.

두꺼운 고기는 속까지 잘 익히려면 조금 오래 익혀야 하므로 시중에 파는 마른 빵가루를 그냥 쓰기보다는 식빵을 직접 갈아서 써야 했다. 곱고 마른 빵가루를 쓰게 되면 겉이 금방 타버리기 때문이다.

호검이 기억하는 영상은 김완덕이 가츠동을 만드는 모습만 나왔기 때문에 식빵을 직접 갈아서 쓰는 이유는 몰랐지만 다른 책들과 인터넷을 뒤져보고 그 이유를 알게 되었다.

호검은 식빵을 두 가지로 갈았다. 일부는 좀 곱게, 또 일부는 좀 거칠게.

그리고 돼지고기에 차례로 입힐 밀가루와 계란도 준비했다.

"음, 청주랑 간장이랑 설탕 좀 주세요."

"그, 그래."

"참, 다시마도요!"

현영과 기복은 가츠동에 들어가는 재료를 척척 달라고 하는 걸 보고 무척 놀랐다.

'정말 만들 줄 아나 본데? 거참, 진짜 희한한 녀석일세. 아니지, 교쿠를 한 달 만에 완벽히 만들어내는 걸 봐. 희한한 게 아니라 대단한 녀석이야.'

기복은 점점 더 호검이 예사로운 사람이 아니라는 걸 깨달아가고 있었다.

'어쩌면 스시 만드는 것도 한 달 만에 다 마스터할지도 몰라. 허헛.'

호검이 건표고버섯을 불린 물에 다시마를 넣고 끓여서 육수를 냈다. 그리고 거기에 청주, 간장, 설탕, 양파를 넣고 끓이고 있는데, 방에서 종배가 나왔다.

"엄마, 가츠동 안 만들어요? 잉? 거기서 뭐 하세요? 호검아, 너 뭐 해?"

가만히 서서 호검이 무언가를 만들고 있는 걸 지켜보고 있는 기복과 현영을 본 종배는 이 상황이 무슨 상황인지 물었다.

"조금만 기다려. 내가 가츠동 만들고 있어."

호겸이 소스를 끓이다가 종배를 돌아보고 말했다.

종배는 대충 분위기로 호겸이 무언가를 만들고 있다는 건 알았지만, 그게 가츠동일 줄은 몰랐다.

"가츠동을 만든다고? 왜? 왜 네가 만들어?"

종배는 호겸에게 물으며 현영과 기복을 쳐다보았다.

"종배야, 가만있어 봐. 호겸이가 만들 수 있다기에 시켜보는 거야."

"우리 엄마 전매특허인 가츠동을요?"

종배도 궁금한 듯 후다닥 호겸의 곁으로 오더니 그의 어깨 너머로 소스 만드는 걸 지켜보기 시작했다.

'냄새는 비슷하네? 표고 향에, 달짝지근하고.'

호겸은 양파를 넣은 간장 소스를 어느 정도 끓이더니 불을 껐다.

그리고 소스는 그대로 두고 돼지고기에 튀김옷을 입힐 준비를 했다.

"어? 근데 왜 대파랑 계란은 안 넣어?"

종배가 궁금증을 참지 못하고 물었다.

"돈가츠 튀긴 다음에 넣으려고."

"아, 그래? 하긴, 네 마음이지."

종배가 고개를 끄덕였다. 그런데 이번엔 현영이 걱정스럽게 말했다.

"일본식 돈가츠는 고기가 두툼해서 잘 튀겨야 하는데……."

호검은 그런 그녀를 돌아보며 안심하라는 듯 빙긋 웃어 보였다.

"네, 잘 튀길게요."

"여보, 호검이 중국 요리 실력자잖아. 중국 요리 하면, 튀기는 게 많고. 튀기는 건 잘할걸?"

"그런가? 아무튼 믿어보죠."

호검은 재운 돼지고기의 물기를 닦아내고 겉에 밀가루, 계란, 고운 빵가루, 거친 빵가루 순으로 튀김옷을 입혔다.

'입자가 고운 빵가루를 먼저 입혀서 고기를 촘촘히 감싸게 하고, 그 겉에는 표면적이 넓은 거친 빵가루를 입혀 겉의 빵가루가 빨리 타버리는 것을 방지하는 것도 알고 있군. 역시 다른 요리를 많이 해봐서 그런가? 기본이 되어 있어.'

요리는 과학과도 꽤 밀접한 관련이 있었다.

예를 들면, 수분이 많은 채소를 그대로 기름에 넣어 튀기게 되면 물과 기름이 서로 섞이지 않기 때문에 물이 튀고 난리가 난다.

그러니 수분을 최대한 없애주어야 하는데, 채소에서 수분을 빼주는 역할을 하는 것이 바로 소금이다.

그래서 가지 같은 채소를 그대로 튀길 때 소금을 뿌려 수분을 빼준 다음 수분을 닦아내고 튀기는 것이다.

고기에 빵가루를 입히는 것도 이런 과학적인 지식이 필요했다.

두꺼운 고기를 튀기는 것과 얇은 고기를 튀기는 것은 기름의 온도도 차이가 나고, 튀김옷에서도 차이가 있었다.

현영이 보니 호검은 그런 것들을 이미 다 파악하고 있었다.

'정말 대단한 아이네. 완성될 가츠동 맛이 정말 궁금해. 지금까지로 봐서는 거의 비슷하게 하고 있는데…….'

호검은 돼지고기에 튀김옷이 잘 붙도록 조금 놔두었다.

한 5분 뒤, 호검은 튀김 기름을 달구기 시작했다. 그는 한참 기름을 뚫어지게 쳐다보고 있더니 어느 순간 빵가루 조금을 기름에 넣어보았다. 호검은 이렇게 두꺼운 돈가츠는 너무 높지 않은 온도에서 5분 이상 튀겨야 한다는 걸 알고 있었다.

빵가루는 기름의 3분의 2지점쯤까지 가라앉았다가 위로 떠올랐고, 호검은 고개를 끄덕였다.

'170도 정도 되겠다! 오케이.'

드디어 호검은 돈가츠를 기름에 넣었다.

돈가츠는 기름에 퐁당 빠져 지글지글거리며 맛있게 튀겨지기 시작했다.

순식간에 고소한 냄새가 주방에 퍼졌고, 종배는 입맛을 다셨다.

"으아, 맛있겠다! 빨리 먹고 싶다!"

호검은 돈가츠의 익는 정도를 겉면의 색으로 파악하느라 기름 속에서 튀겨지고 있는 돈가츠를 집중해서 보고 있었다. 몇 분 후, 호검은 돈가츠가 다 익었다고 생각되었는지 기름에서 돈가츠를 건졌다.

'그래, 바로 이 황금색이지!'

돈가츠는 정말 황금색으로 맛있게 튀겨져 있었다.

호검은 돈가츠를 도마에 놓고 단칼에 돈가츠를 썰었다.

바삭!

호검의 칼질에 돈가츠는 바삭한 소리를 내며 하얀 속살을 드러냈다.

"오와! 잘 익었네. 오, 강 셰프! 튀김 좀 하는데?"

종배가 호검을 툭 치면서 그를 치켜세웠다. 현영과 기복도 돈가츠의 단면을 보더니 고개를 끄덕였다.

호검은 이제 그릇에 밥을 푸고, 아까 만들던 간장 소스를 다시 끓이기 시작했다. 곧 간장 소스가 끓자, 그는 계란과 대파를 넣어 조금 더 끓인 다음 불을 껐다.

호검은 밥 위에 이 소스를 붓고, 그 위에 돈가츠를 얹은 후, 마지막으로 맨 위에 가쓰오부시를 솔솔 뿌렸다.

"자, 완성됐습니다. 드셔보세요!"

호검은 주방의 한쪽에 있는 테이블에 완성된 가츠동 세 그릇을 놓았다. 기복의 가족들은 각자 수저를 가져와 맛을 보았다.

"어, 어때요?"

호검이 긴장한 채 조심스럽게 소감을 물었다.

"맛있어. 근데 심지어……."

"뭐야, 이거. 엄마, 가츠동 만드는 법 호검이한테 가르쳐 줬어요? 맛이 완전 똑같은데?"

기복의 말을 자르고 종배가 소리를 질렀다.

"그래, 심지어 정말 당신이 만든 거 같아. 허허허."

현영도 한술 더 떠먹으며 말했다.

"그러게요. 정말 재능이 엄청나네……."

"후우, 다행이에요. 맛이 괜찮으시다니까."

"응, 맛있어. 내가 만든 거랑 맛도 같고. 혹시 부모님이 요리사시니?"

현영은 호검이 자신의 가츠동을 한번 먹어보고도 이렇게 만들어내니 그에 대한 관심이 생긴 모양이었다.

"아뇨. 음, 아버지가 보쌈집을 하긴 하셨어요. 저도 중학교 때부터 보쌈집에서 일했었고요."

호검이 살짝 뜸을 들인 건, 양아버지라고 해야 할지 고민이 되었기 때문이었다.

"오, 아버지를 닮았구나? 그럼 아버지는 아직 보쌈집 하시는 거니?"

"음, 작년에 돌아가셨어요."

"저런. 미안하구나. 아, 그래서 여기 저기 요리를 배우러 다니는가 보구나? 아버지가 살아계셨으면 보쌈집을 물려받았을 텐데……."

현영이 안타까운 표정으로 말했다. 하지만 호검은 괜찮다며 미소를 지어 보였다.

"괜찮아요. 아버지가 살아계셨으면 아마 그랬겠죠? 근데 전 다양한 요리를 배우는 게 좋아요. 요리하는 게 즐겁거든요."

"그나마 다양한 요리를 배우는 걸 좋아한다니 다행이네. 그럼 어머니는?"

호검이 고아인 줄 모르는 현영은 그저 호기심에 물었다.

호검은 난감해하다가 자신이 고아였던 것이 딱히 숨겨야 할 이유는 없다고 생각했다. 그래서 솔직히 말했다.

"아……. 실은 제가 고아였어요. 지금 말씀드린 아버지는 절 입양해 주신 양아버지 얘기고요."

"어머……. 내가 괜히 물었구나. 미안해."

현영은 손을 입에 가져가며 당황해했다.

"아니에요. 괜찮습니다. 모르니까 물어보신 건데요, 뭐."

호검은 다시 한 번 밝게 웃어 보였다.

사실 호검은 자신이 고아였다는 사실은 별로 마음이 아프진 않았다. 그보다는 양아버지가 돌아가신 것이 마음이 아플 뿐이었다.

현영은 호검이 더 안쓰러워졌다. 아직 어린 나이에 아버지가 돌아가셨다는 것도 안타까웠는데, 심지어 원래는 고아였었다니.

자신의 아들인 종배와 같은 나이인데 더 어른스럽고 열의에 차 보이는 것도 다 처한 상황이 힘들어서 그런 것 같았다.

기복도 이미 호검의 요리에 대한 열정과 재능에 매료된 상태였지만, 호검의 상황을 듣고 더 호검을 도와주고 싶었다.

"여보, 호검이가 다양한 요리를 배우고 싶다고 했잖아요? 오코노미야키나 규동, 라멘 이런 것들도 어떻게 만드는지 궁금한가 봐요."

기복은 넌지시 현영에게 말했다. 그러자 현영은 별 고민도 없이 대뜸 호검에게 물었다.

"내가 그거 다 만들 줄 아는데. 내가 알려줄까?"

현영의 말에 호검의 눈이 휘둥그레졌다.

솔직히 호검이 가츠동을 만들어 주겠다고 한 것은 현영에게 자신의 요리에 대한 열정과 재능을 보여주기 위함이었다. 그래야 나중에 요리를 가르쳐 달라고 부탁하기도 좋을 테니까.

하지만 현영이 이렇게 빨리, 선뜻 가르쳐 주겠다고 할 줄은 몰랐다.

호검이 놀라서 잠시 멀뚱히 현영을 쳐다보고만 있자, 기복이 얼른 호검을 툭 쳤다.

"얼른 감사합니다 해야지."

"아, 네! 감사합니다!"

"근데 내가 체력이 아주 좋진 않아서 천천히 가르쳐 줄게. 괜찮지?"

현영이 좋아하는 호검을 흐뭇하게 바라보며 말했다.

"네! 상관없어요. 가르쳐 주시기만 하면 전 너무 감사해요. 정말 감사합니다!"

호검은 신이 나서 연신 인사를 해대고 있는데, 역시 이번에도 종배가 끼어들어 호검이 이해가 안 간다는 듯 말했다.

"참, 너도 신기하다. 그렇게 요리가 하고 싶냐? 지금 우리 스시 만드는 것도 거들고 있는데, 또 시간 날 때 울 엄마한테 다른 요리도 배우겠다고? 아, 난 못 해."

기복과 현영은 종배가 저러는 게 늘 있는 일이니까 그냥 웃어넘겼고, 종배는 호겸이 만든 가츠동을 우걱우걱 먹으면서 고개를 계속 저어댔다.

'와, 이거 일이 쉽게 풀리네. 얼른 열심히 배워야지.'

*　　　*　　　*

다음 날부터 호겸은 일단 스시 만드는 실습부터 했다. 첫날은 스시 만드는 모습을 구경하고 맛을 봤으니 이젠 밥알을 쥐는 법, 생선 살을 히키즈쿠리하는 법을 연습했다. 특히 어려운 히키즈쿠리를 단박에 능숙하게 해내서 기복은 또 그의 솜씨에 놀라워했다.

"허허. 호겸이 넌 나를 매번 놀라게 하는구나? 손동작이며 칼의 각도며 생선 살의 두께며 아주 정확해. 이건 감각이 정말 뛰어나야 하는 건데."

"감사합니다!"

"에이, 얘 이것도 잘해요, 아버지?"

종배가 기복이 호겸을 칭찬하는 소리에 다가오더니 물었다.

"그렇네? 우리 종배도 잘해야 할 텐데."

"어디, 칼 줘보세요. 나도 해볼 테니까. 나도 이거 좀 해봐서 할 수 있어요!"

종배는 장어를 삶다가 얼른 건져놓고 오더니, 자기도 히키

즈쿠리를 해보겠다고 했다.

"하하. 그래, 너도 한번 해봐."

기복은 종배가 호검을 의식해서 스스로 해보겠다고 하자 싱글벙글 웃으며 칼을 건넸다.

이게 바로 기복이 의도한 것이었으니까.

종배가 혼자서 일을 할 땐 자극제가 없으니 적극적이지 않았는데, 동갑인 데다가 실력도 좋은 호검이 나타나니, 호검을 라이벌로 생각하고 좀 더 열심히 해보려는 마음이 드는 모양이었다.

종배는 웬일로 진지하게 히키즈쿠리를 시도했다. 기복은 그렇게 진지하게 히키즈쿠리를 하는 종배의 모습은 처음 보는 것 같았다.

샤삭.

"어때요, 아버지?"

종배가 자신이 얇게 포를 뜬 회를 손으로 들어 기복의 눈 앞에 흔들어 보였다.

"오, 그래. 진지하게 하니까 좀 괜찮네! 잘했어."

사실 호검이 히키즈쿠리를 한 것보다는 살짝 부족했지만, 기복은 종배를 치켜세워 주며 칭찬해 주었다.

"하핫. 그래요? 내가 또 하면 잘한다니까."

"그래! 네가 진지하게 하면 아주 금방 실력이 늘 거야! 내친

김에 아예 스시로 만들어봐."

"그럴까요?"

종배는 신이 나서 얼른 밥알을 쥔 다음 그 위에 자신이 방금 포를 든 회를 얹어서 손으로 꼭 쥐었다.

"짠! 아버지, 어때요?"

"잘했네. 허허허. 호검아, 너도 하나 만들어봐. 나도 하나 만들 테니까. 우리 세 개 만들어서 모양 비교나 해보자."

호검과 기복은 얼른 각자 스시를 하나씩 만들어서 세 개의 스시를 나란히 놓고 관찰을 시작했다.

"자, 보자. 스시의 모양은 이렇게 곡선으로 휘어져서 부채꼴의 형상이 되어야 해. 어때? 어떤 게 제일 나은 거 같아?"

기복이 종배에게 물었다.

"음, 아버지 게 제일 낫네요. 호검이 것도 괜찮고요. 흠, 내 건 좀 위에 게 평평하네……."

"자, 한 번 더 쥐어봐. 나처럼. 이렇게."

기복은 종배에게 검지와 중지 두 손가락으로 스시의 윗면을 자연스럽게 감싸고 눌러주는 모습을 다시 보여주었다.

종배는 얼른 다시 자신의 스시를 잡고는 아버지를 따라 했다.

종배가 두 손가락을 다시 떼자, 이번엔 종배의 스시에도 부채꼴 곡선이 살아났다.

"오호! 이제 똑같죠? 그죠?"

"그래, 잘했다. 봐, 하면 다 되잖아. 하하하."

기복은 종배가 별 불평 없이 시키는 대로 잘 따라 하니 기분이 좋았다.

호검도 종배가 열심히 하니 보기 좋았다.

"근데요, 아버지. 이거 사실 맛은 같잖아요? 스시 윗면이 곡선이든지 아니든지 말이에요. 그게 중요한가요?"

종배는 날름 자신이 만든 스시를 입에 넣으며 물었다.

"보기 좋은 게 먹기도 좋고, 그런 거야! 그리고, 맛도 좀 달라질 수 있어. 예를 들어, 김밥을 말아서 먹는 거랑, 재료들 다 따로 따로 입에 넣어서 먹는 거랑 맛이 비슷하지만 완전 같지는 않잖아. 왠 줄 알아?"

"음, 생각해 보니 그렇긴 하네. 근데 왜 그런 건데요?"

종배가 스시를 꿀꺽 삼키고 물었다.

"조화가 다른 거야. 한 번에 입에 다 넣고 먹으면 그 재료들이 섞이면서 조화로운 맛을 내지만, 따로따로 입에 넣으면 조화가 없어져. 입안에서 섞여도 다르다는 거지. 스시도 마찬가지야. 생선이 밥을 잘 감싸고 있어야 그 조화가 더 잘 산다니까!"

옆에서 호검은 공감한다는 듯 고개를 끄덕였다. 어떤 재료들을 따로 먹지 않고 혼합해서 요리해 먹으면 뭔가 조화가 되면서 맛을 더 살려주는 부분이 있다. 그러니 요리라는 것이 발달하게 되었을 것이다.

"뭐, 그럴 수도 있겠네요. 엇, 나 장어 만들어야 해요."

종배는 얼른 다시 장어를 만들러 갔다.

"자, 호검아, 우리도 다시 재료 준비하자."

"네!"

* * *

호검은 계속해서 스시도 배우고 기복이 영업 중일 때는 현영에게 다양한 일본 요리를 배웠다.

현영은 하루에 1가지에서 2가지 정도의 요리를 가르쳐 주었는데, 호검은 한 번만 가르쳐 주어도 그 요리를 다 기억했다.

"자, 오늘은 라멘 만들자. 이거 만들어서 이따 점심도 먹고 그럼 되겠어. 호호호."

"네! 라멘도 종류가 많은데 어떤 라멘인가요?"

"돼지 뼈를 우려낸 국물로 만드는 돈코츠 라멘이 기본이지. 그거부터 만들 거야. 자, 여기 돼지 등뼈랑 사골, 머리뼈를 섞어서 끓여야 해. 부위마다 우러나는 맛이 조금씩 다르거든."

"아하."

현영은 뼈들을 솥에 넣고 한번 끓인 뒤 불순물 제거를 위해 첫 번째 끓인 물은 버리고 다시마를 우린 물을 넣어 다시 불에 얹어놓았다. 그러고는 냉장고에서 또 무언가를 가지고 왔다.

"그건 뭐예요?"

"봐, 뭔지."

현영이 펼쳐 보여준 봉지 안에는 돼지 껍데기가 들어 있었다.

"어? 돼지 껍데기예요? 이것도 육수에 넣는 건가요?"

"맞아. 근데 그냥 넣으면 안 돼. 한번 팬에 볶아서 넣으면 더 고소하고 진한 육수를 만들 수 있어."

현영은 후다닥 돼지껍데기를 볶아서 솥에 넣어주었다.

"자, 그럼 이제 소스를 만들어볼까?"

현영은 건새우, 마른 오징어, 가쓰오부시, 대파, 무, 표고, 생강, 간장 등을 넣고 우린 물에 식초를 더해 소스를 만들었다.

"이제 면 만들면 되는 건가요?"

"아니, 이제 라면에 올릴 고명으로 챠슈랑 계란을 삶아야 해."

현영의 말에 종배가 불쑥 나타나서 말했다.

"내가 그래서 그걸 아직도 안 배우고 있었지. 라멘이 손이 엄청 많이 간다니까."

"육수랑 소스만 미리 만들어놓으면 다른 거만 만들면 되잖니."

"그거야 그렇지만… 그래서 엄마, 차슈 지금 만드실 거예요?"

"응."

"그럼 저도 볼래요."

종배는 호검보고 신기하다고 해놓고 호검이 현영에게 요리를 배우면 오다가다 보면서 참견도 하고 점점 자기도 시간이 나면 이렇게 끼어서 배우기도 했다.

현영과 기복은 호검 덕분에 종배가 요리를 더 열심히 배우려고 하는 것 같아 기뻤다.

"종배야, 우리 데리야키 소스 만들어놓은 거 있지? 그거 가져와. 차슈는 그게 필요하니까."

"네, 엄마."

"자, 여기 통삼겹살 누가 구워볼래?"

"호검아, 네가 구워. 난 구경할 거야."

"종배야, 넌 계란 삶아. 반숙! 알지?"

"에이, 구경할라고 했는데. 알았어요."

종배는 그래도 현영이 시키니 계란을 가져와서 삶기 시작했다.

호검은 통삼겹살을 팬에 넣고 이리저리 돌려가면서 노릇하게 구웠다.

그사이 현영은 데리야키소스에 청주, 간장, 양파, 대파, 마늘, 생강, 건고추, 월계수 잎, 물을 넣고 끓여서 소스를 만들었다. 호검은 통삼겹살을 구우면서도 현영이 하는 모습을 유심히 살폈다.

'아, 사모님은 건고추랑 월계수 잎을 넣으시는구나. 김완덕 셰프는 통후추를 넣는데. 맛이 어떻게 다르려나.'

차슈 소스가 끓자, 현영은 호검이 골고루 잘 구워둔 통삼겹살을 소스에 넣고 졸여주었다.

주방은 육수가 끓는 고소한 냄새와 차슈 소스의 달콤짭짤한 냄새로 가득했다.

벌써 군침이 돌았다.

"이게 1시간은 걸려. 육수도 몇 시간 끓여야 할 거고. 그러니까 이따가 브레이크 타임쯤 되면 먹을 수 있을 거야. 호호. 아! 면 뽑아야 한다!"

현영은 제면기를 가져와서 면을 후다닥 뽑았다. 역시 제면기를 사용하니 면은 금방 뽑아져 나왔다.

드디어 기다리던 브레이크 타임이 되었고, 기복네 세 식구와 호검은 돈코츠라멘을 맛볼 수 있었다.

"와! 전 이거 딱 제 취향이에요! 너무 맛있네요."

진하고 뽀얀 육수에 탱탱한 면발, 쫄깃한 차슈와 아삭한 숙주나물, 부드러운 반숙 계란이 올려진 진짜 기가 막힌 면 요리였다.

"오랜만에 먹네, 이거. 손이 많이 가서 잘 안 하더니, 호검이 가르쳐 준다고 우리 마누라가 일부러 했군."

"아, 감사합니다. 근데 이거 손이 많이 가는 만큼 정말 맛있네요!"

"맞아. 특히 돼지 뼈로 육수를 만들면 더 구수하고 맛있어. 근데 약간 호불호가 갈릴 맛이긴 하지. 깔끔하다기보단 무거운 육수니까. 근데 나도 이게 좋아. 하하하."

"나도 이게 좋아요, 엄마. 면 더 없어요?"

종배가 벌써 면을 다 먹었는지 현영에게 물었다.

"있어. 더 줄까?"

"네!"

"저도……."

호검도 슬며시 손을 들며 말했다.

"호호호. 정말 맛있나 봐. 기분 좋네. 다들 맛있어해 주니까."

호검은 현영이 가르쳐 준 다른 요리들도 그렇지만 이 돈코츠라멘은 정말 대박이라고 생각했다. 그리고 지금까지 현영에게 배운 요리들을 김완덕의 레시피를 비교해 봤을 때 전혀 꿀리지 않을 정도로 맛이 좋았다.

호검은 뜻밖의 좋은 스승들을 만나 급격히 일본 요리 실력이 늘어갔고, 종배도 덩달아 실력이 조금씩 향상되어 갔다.

*　　*　　*

일본 요리에 푹 빠져 연습하고, 먹어보고 하는 동안 순식간에 한 달가량이 지나갔다. 그리고 호검은 벌써 꽤 다양한 일본 요리를 능숙하게 할 수 있게 되었다.

'녹화가 내일모렌데, 아직 셰프들 결정 안 났나?'

호검은 〈셰프의 비법〉 특집에 출연하기로 되어 있었는데, 김 피디의 연락이 없자 그는 직접 연락을 했다.

"김 피디님! 안녕하세요. 강호검입니다."

—아, 강 셰프! 아차차. 내가 같이 출연하는 셰프들 알려 주기로 하고 연락을 깜빡했군요?

"네, 제가 좀 궁금해서……. 하하."

—이게 원래 전에 출연했던 분들 모셔서 하려고 했는데, 회의에서 특집이니까 좀 더 이름 있는 사람들을 섭외하자고 결론이 났어요.

"아……. 그럼 전 섭외가 취소된 건가요?"

—아뇨, 아뇨. 아니죠. 강 셰프는 유명한 사람이죠. 하하. 그게 아니라 다른 셰프들 말이에요.

"아하. 그럼 누가 나오시는지……."

호검이 조심스럽게 묻자, 김 피디는 굉장히 뿌듯해하며 말했다.

—일단 한식 같은 경우는 정말 어렵게 섭외를 했어요. 하하. 양혜석 명장님이 나와주신다고 하셨어요!

"헉."

호검은 뜻밖의 인물 출연에 깜짝 놀라 말문이 막혔다.

그런데 더 놀라운 건 김 피디의 다음 말이었다.

5. 네 요리, 내 요리 I

—그리고 양혜석 명장님이 한 분 추천하셔서 그분도 나오기로 하셨어요. 일식 요리사이신 김민기 셰프님이요.

"네에? 김민기 셰프님이요?"

호검이 놀라서 목소리가 커졌다.

—네, 혹시 아세요?

"아, 아니에요. 네. 알겠습니다. 그럼, 양식 셰프님은 누가 나오시나요?"

—배승진 셰프님이요. 4화에 나오셨던 셰프님인데, 보셨는지 모르겠네요.

"아하. 본방은 못 봤는데 인터넷으로 봤어요. 좀 젊으시던데, 맞죠? 머리가 길어서 묶고 나오셨던……."

―네, 맞아요! 그때 방송 끝나고 꽤 반응이 좋았거든요. 개그감이 남다르시더라고요.

김 피디는 이번 특집 방송은 호검을 포함한 한식, 양식, 일식, 중식 요리사 4명이 나와서 두 명씩 짝을 지어 서로의 요리를 배워보는 식으로 진행된다고 했다.

전화를 끊은 호검은 드디어 김민기와 양혜석을 만나게 된다고 생각하니 어떻게 처신해야 할지 고민이 되었다.

'방송이라 얼굴을 가릴 수도 없고, 음…….'

잠시 고민하던 호검은 일단 천학수에게 곧바로 전화를 걸었다.

"스승님!"

―오, 호검아! 일본 요리는 잘 배우고 있는 거지?

학수는 굉장히 반가운 목소리로 전화를 받았다.

"네, 그럼요! 스승님은 잘 지내시죠? 손목은 괜찮으세요?"

―응, 이제 괜찮아. 아, 우리 〈아린〉 확장 이전 결정 났어.

"잘 됐네요! 어디로 가시는 거예요?"

―뭐, 여기서 100미터 정도 떨어진 곳이야. 그 〈오룡숯불갈비〉라고 요 근처에 있잖아, 거기 바로 옆옆 건물이야.

"아하. 확장 이전하시면 한번 갈게요."

—그래, 그때 얼굴 좀 보자. 하하.

"네. 아, 그럼 직원도 더 뽑으셔야 하겠네요?"

—그렇지.

"재석이 형은 어때요?"

호검은 새로운 수제자로 뽑힌 재석의 안부를 물었다.

—잘하고 있어. 확실히 칼질은 좀 하니까 빨리 배우는 거 같아. 열심히 하기도 하고.

"다행이네요. 참, 저 내일모레 〈셰프의 비법〉 특집 녹화가 있거든요."

—아, 그래? 그거 다른 셰프들도 몇 명 같이 나오는 거랬지?

호검이 전에 학수에게 〈셰프의 비법〉 특집에 출연하기로 했다고 알렸기 때문에 출연 사실은 알고 있었다.

"네, 그거 때문에 상의 좀 드릴까 하고 연락드렸어요."

—응, 말해봐. 무슨 문제 있어?

"음, 방금 김 피디님한테 연락받았는데요, 거기 같이 나오는 셰프들 중에 두 분이 양혜석 명장님이랑 김민기 셰프님이래요."

—엇.

"그래서 제가 어떻게 처신해야 할지 고민이 돼서요……."

—으흠.

학수는 잠시 고민하는 듯 아무 말이 없더니 곧 다시 말문을 열었다.

—그렇다고 이제 와서 녹화를 펑크 낼 수도 없는 노릇이잖아?

"네, 나가긴 해야 하는데……."

—별로 신경 쓰지 않아도 될 것 같은데? 김민기가 범인이 아닐 확률이 높으니까. 지금까지 드러난 바로는 안대기가 김민기랑은 친분이 없어 보이잖아? 김민기도 널 내 제자로만 알고 있을 거야, 아마도.

"음, 지금으로서는 그럴 확률이 높죠."

학수와 호검이 김민기가 안대기와 친분이 있는지 알아보았는데, 둘의 친분을 확신할 만한 단서는 없었다.

—그리고 만약에 김민기가 범인이라도 방송 녹화 자리에서 무슨 수작을 부리거나 하진 못할 거야. 네가 이미 얼굴도 알려져 있으니까 더더욱 말이야.

"아, 네. 근데 안대기랑 이용혁이 〈아린〉에 오진 않았죠?"

—응. 코빼기도 안 보여. 넌 어때? 뭔가 주변에 수상한 사람이 있다거나 하진 않지?

"네, 그런 건 없는 거 같아요."

—근데, 오히려 양혜석 명장은 이용혁과도 알고, 안대기와도 아는 사이라서 더 위험할 수 있지 않을까 싶은데.

"아. 그런가……. 처음부터 김민기 셰프를 더 의식해서 그런지 양혜석 명장님 생각은 별로 못 했네요."

—음, 녹화가 내일모레 몇 시랬지?

"김 피디님이 오전 11시까지 오랬어요."

—나랑 녹화장에 같이 가자. 그게 좋겠어.

물론 녹화 때는 다른 사람들이 많이 있어서 별일은 없겠지만, 학수는 호검이 걱정되는 모양이었다.

"네? 같이요?"

—요즘 〈아린〉에 네가 없으니까 우리 둘 사이에 대한 말들이 좀 있을 거야. 그러니까, 넌 여전히 내 수제자라는 걸 좀 드러내는 게 좋을 것 같아. 내가 수제자 응원차 들렀다는 식으로 카메라에 얼굴 한번 비춰주면 괜찮을 거야.

"음, 전 괜찮은데, 사람들이 어떻게 생각하든 우리가 아니면 되는 거잖아요. 괜히 스승님 귀찮게 해드리는 것 같기도 하고……."

—아니야. 난 괜찮아. 내 말대로 해. 내일모레 같이 가자.

"네……. 감사합니다."

호검은 학수가 녹화장에 와준다니 죄송스러웠지만, 한편으론 마음이 좀 편해졌다.

그리고 오히려 이번 기회에 둘의 동태도 좀 살펴보면 좋을 것 같았다.

'그래, 잘된 일일 수도 있어. 이번 기회에 어떤 사람들인지 알아봐야지.'

그날 밤, 호검은 일식집에서 일을 마치고 집으로 향했다. 그는 집 근처 버스 정류장에서 내려 골목을 걸어갔다. 그런데 뭔가 이상한 느낌이 들었다.

저벅저벅.

'뭐지? 누가 따라오나?'

호검은 자신의 발걸음 속도와 비슷하게 따라오는 발소리에 고개를 홱 돌려 뒤를 돌아보았다. 어둠 속에서 한 남자가 다른 쪽 골목으로 재빨리 들어가는 모습이 보였다.

'날 따라오던 게 아닌가? 원래 저리로 가려던 사람인가?'

호검은 고개를 갸웃거리며 다시 집 쪽으로 발걸음을 옮겼다. 그런데 또 뒤에서 저벅거리는 소리가 들려왔다.

'아, 진짜 뭐야……'

호검의 심장이 조금 빨리 뛰기 시작했다. 호검은 좀 더 빨리 발을 움직여 빠른 걸음으로 집으로 마구 걸어갔다. 그런데 뒤에서 쫓아오던 발소리도 호검을 따라 빨라지고 있었다.

호검은 이제 그 발걸음이 자신을 쫓아오는 것임을 확신했다.

'그놈들이 이제 다시 행동을 개시하는 건가? 날 다시 정신병원에 처넣으려고?'

정신병원을 떠올리자 호검은 겁이 덜컥 났다. 그때의 공포스러운 기억이 떠올랐던 것이다.

호검은 이제 발걸음이 빨라지다 못해 거의 뛰다시피 하고 있었다.

그리고 여전히 뒤에서는 호검의 발걸음에 맞춰 누군가의 발소리도 계속해서 들려왔다.

'정국이가 집에 있을까? 이거 어떡해야 하지?'

호검이 어쩔 줄 몰라 하며 무작정 뛰고 있는데, 뒤에서 쫓아오던 사람이 소리를 질렀다.

"야! 강호검!"

호검은 깜짝 놀라 그 자리에 돌처럼 우뚝 멈춰 섰다. 근데 어디서 듣던 목소리다.

호검은 이 목소리를 생각해 내려고 애를 쓰다가 슬그머니 뒤를 돌아보았다.

"헉헉. 야, 나야, 나. 김형일."

형일이 호검의 어깨를 붙들고 거친 숨을 몰아쉬며 말했다.

김형일은 예전 〈아린〉에서 부주방장을 맡았던 천학수의 수제자였다. 그리고 지금은 〈팔선정〉에서 부주방장을 맡고 있었다.

"엇. 부주방장님! 왜 이 밤에……."

"넌 왜 이 밤에 뛰고 난리냐? 후아, 달밤에 체조했네."

"아니, 그러니까 왜 절 쫓아오고 그러세요! 완전 놀랐잖아요!"

"사내자식이, 뭐 이런 거에 놀라고 그러냐?"

"오밤중에 누가 막 쫓아오니까 그렇죠. 근데 저 찾아오신 거예요? 아님 지나가던 길이셨어요?"

호검은 자신을 쫓아오던 사람이 형일이라 안도했지만, 한편으론 짜증이 나서 퉁명스럽게 물었다.

"내가 이런 데 지나갈 일이 어딨냐? 너 만나러 왔지. 좀 물어볼 말이 있어서."

"뭔데요?"

"음, 어디 가서 차나 한잔할래?"

형일과 호검은 근처 카페로 이동해서 대화를 나눴다.

"너 요즘 어떻게 된 거야?"

형일은 아이스 아메리카노를 쭉 들이키더니 다짜고짜 이렇게 물었다. 호검은 이 말 뜻이 뭔지 몰라 되물었다.

"뭐가요?"

"〈아린〉에 안 나온다며?"

"아. 그냥 제가 사정이 있어서 잠깐 쉬는 거예요."

"혹시 천 사장이랑 사이 안 좋아진 거 아냐?"

형일이 넌지시 물었다.

"아니에요. 스승님이랑은 아무 문제 없어요."

"근데 왜 수제자는 또 뽑으신 건데? 재석이가 수제자 수업 받고 있다고 들었는데?"

"꼭 수제자가 한 명이어야 한다는 법은 없잖아요. 부주 있을 때도 저 뽑았는데."

"그러니까. 너 뽑은 이유가 날 내치시려고 그러신 거였지."

"아니, 그건……."

호검은 형일이 먼저 나가겠다고 한 것을 이미 알고 있는 터라 형일의 말이 어이가 없었다.

'자기가 나간다고 그래놓고……. 근데 왜 나한테 천 셰프님 험담을 하지? 정말 내가 내쳐진 거라고 생각했나?'

형일은 이어 호검에게 충고하듯 말했다.

"너도 나처럼 될 수 있어. 천 사장 믿지 마. 천 사장은……."

"그건 제가 알아서 합니다. 그리고 전 여전히 천 셰프님의 제자고요."

"흥. 다 널 위해서 해주는 말이야."

"이 말 하시려고 찾아오신 거예요? 하실 말씀 다 끝나셨으면 전 이만 일어서겠습니다."

호검이 자리에서 일어서려는데, 형일이 그를 잡아당겨 다시 자리에 앉히며 말했다.

"아니, 아직 안 끝났어. 앉아봐. 난 그냥 말을 전하는 것뿐이야. 우리 사장이 너 혹시 〈아린〉 그만둔 거면 〈팔선정〉으로 오래. 월급은 〈아린〉보다 많이 줄 거래. 물론 난 별로 달갑지 않지만, 전하라니까 전하는 거야."

형일은 박선정의 말을 전하긴 했으나 여전히 호검에게 호의적이지 않은 태도를 견지했다.

호검은 형일에게 단호히 대답했다.

"그럴 일 절대 없습니다. 그리고 그 얘기는 못 들은 걸로 하겠습니다."

"야, 왜 못 들은 걸로 해? 들어놓고. 아무튼, 난 전했다. 그리고 내 충고 새겨들어."

형일은 입을 삐죽거리더니 자기가 먼저 일어나 카페를 나갔다.

'음, 부주도 내가 스승님이랑 사이가 안 좋아진 걸로 생각하네. 하긴, 내가 〈아린〉에 안 나가니까……. 이번 녹화 때 스승님이랑 같이 가기로 하길 잘했군. 근데, 박선정 사장도 대단하네. 부주한테도 이렇게 접근했나?'

호검은 혀를 내두르더니 남은 아메리카노를 한 번에 들이켜고 카페를 나섰다. 호검은 집으로 돌아와서 모레 녹화에서 가르쳐 줄 중식 메뉴를 준비했다.

* * *

"안녕하세요, 김 피디님."

"엇, 강 셰프! 아이고, 이게 누구십니까! 천 셰프님! 오랜만입니다."

녹화 당일, 학수는 예정대로 호겸과 함께 녹화장을 찾았다. 김 피디는 굉장히 반가워하며 학수와 악수를 나눴다.

"잘 지내셨죠? 오늘 우리 강 셰프 잘 부탁드립니다. 하하하."

"강 셰프야 알아서 잘하는데요, 뭘. 아, 그럼 강 셰프 응원차 오신 거군요!"

"네, 맞습니다. 하하하."

학수는 호겸의 어깨에 손을 얹으며 다정하게 호겸을 쳐다보았다.

'뭐, 둘 사이에는 문제가 없나 보네. 그럼 정말 강 셰프가 개인적으로 일이 있나 보군.'

김 피디도 사실 이번에 호겸을 만나면 슬쩍 〈아린〉을 그만둔 이유를 물으려 했었다. 그런데 이렇게 직접 학수가 같이 녹화장에 나타나자 특별히 그 이유를 묻진 않아도 될 듯했다.

잠시 후, 다른 셰프들이 도착했다.

양혜석은 머리가 희끗희끗해서 60대는 넘어 보였는데, 궁중요리 명장답게 고운 한복을 차려입고 왔다.

김민기는 머리에 기름을 바른 듯 올백으로 머리를 넘기고 왔는데, 그 헤어스타일 때문인지 느끼하고 능글능글해 보였다.

배승진은 4화에 나왔던 모습 그대로 긴 머리를 뒤로 묶고 싱글벙글 웃으며 나타났다.

김 피디는 아무래도 나이가 많은 양혜석에게 먼저 인사를 건넸다.

"안녕하세요, 명장님! 이렇게 와주셔서 감사드립니다!"

"오호호. 김 피디. 내가 이런 방송 잘 안 나오는 거 알죠?"

"네, 그럼요! 그러니 이렇게 감사드리는 거 아닙니까! 하하하. 정말 영광입니다."

"이쪽은 내가 아끼는 우리 민기. 김민기 셰프예요."

"아, 네, 안녕하세요, 김 셰프님!"

"처음 뵙겠습니다. 김민기 셰프입니다. 하하하."

"네, 반갑습니다. 아, 천학수 셰프님도 처음 뵙죠?"

김 피디는 양혜석과 김민기에게 천학수를 소개해 주었다.

"아, 수제자가 걱정되어서 오셨나 보다. 하하하. 제가 살살 다뤄 드릴게요. 걱정 마세요."

김민기는 보자마자 천학수의 심기를 건드렸다.

*　　*　　*

학수는 벌써부터 민기가 호검을 어리다고 무시하는 것 같아서 기분이 나빴다.

'민석의 말대로 자신만만하고, 좀 건방지군.'

잠시 미간을 찌푸렸던 학수가 다시 온화한 미소를 보이며 대꾸했다.

"걱정은요, 무슨. 우리 호검이는 아주 믿음직스러운 제자랍니다. 전 궁중 요리 대가이신 양혜석 명장님께서 오신다기에 왔습니다. 제가 언제 또 양혜석 명장님처럼 대단하신 분이 요리하시는 걸 직접 보겠어요. 하하하."

"오호호. 그래요? 저도 텔레비전에서 천 셰프 나오는 거 봤었는데. 아주 중국 요리를 맛깔스럽게 하더군요."

"감사합니다, 명장님."

양혜석은 학수가 자신을 치켜세워 주자 기분이 좋은 듯 활짝 웃으며 보답성 멘트를 했다. 반면 김민기는 학수가 자신은 쏙 빼고 양혜석만 칭찬하자 빈정이 상한 듯 입을 살짝 삐죽거렸다.

'끄응.'

옆에 있던 호검과 배승진이 눈치를 보다가 그들의 대화가 끝난 것 같자, 얼른 고개를 숙여 양혜석과 김민기에게 인사했다.

"안녕하세요! 강호검입니다."

"안녕하세요! 배승진입니다."

"오호호. 완전 애기들이네. 귀여워라. 둘 다 반가워."

"내가 애기들이라고 해서 특별히 좀 쉬운 요리로 준비해 왔어. 열심히 한번 배워봐. 하하."

양혜석은 호검과 승진을 어린아이 대하듯 말했고, 김민기는 호검과 승진을 약간 무시하듯 말했다. 곧이어 양혜석과 김민기는 먼저 녹화 준비를 한다고 자리를 떴다.

승진은 학수와 호검에게도 인사를 건넨 뒤 역시 녹화 준비를 하러 갔다.

"김 피디님! 잠시만 이쪽으로……."

"응? 왜?"

한 작가가 김 피디를 불렀고, 김 피디는 학수와 호검에게 살짝 가보겠다는 고갯짓을 하더니 작가들이 모여 있는 곳으로 가버렸다.

주변에 사람들이 사라지자 천학수가 호검에게 조용히 말했다.

"흠, 눈치로 봐서는 김민기나 양혜석 명장님이나 널 잘 모르는 것 같은데? 모르는 척하는 것일 수도 있지만……. 아무튼 지금 내 느낌으론 둘은 〈오대보쌈〉과는 별 관계가 없는 것 같아."

"김민기 셰프가 능글맞고 거만해 보이긴 하는데, 원래 성격이 그런 것 같죠?"

"응. 뭔가 너를 이미 알고 있었다면 아주 친절하게 대하거나 아예 모른 척하거나 했을 거야. 일단 녹화에만 집중해도 될 것 같다. 그리고 내가 여기서 둘을 지켜보고 있을 거니까 걱정 말고."

학수는 자신을 믿으라는 듯 호검의 어깨를 톡톡 두드렸다.

잠시 후, 드디어 녹화가 시작되었다.

〈셰프의 비법〉의 진행을 맡은 개그맨 유정민이 제일 먼저 네 명의 셰프를 소개했다.

"오늘은 특집 방송이니만큼 대단한 셰프님들 네 분을 모셨습니다. 자, 먼저 오늘의 특급 셰프님들을 소개합니다!"

유정민이 한 사람씩 호명할 때마다 네 명의 셰프는 한 명씩 무대로 등장해서 인사를 했다. 정민은 간단한 근황 인터뷰를 했고, 곧바로 이번 방송의 컨셉을 설명했다.

"다른 때는 셰프님이 가르쳐 주시는 요리를 연예인 패널과 제가 배워보는 식으로 진행이 되었었죠? 하지만 이번에는 셰프님들이 서로 요리를 가르쳐 주고, 또 배워보는 그런 자리를 마련했습니다. 이 네 분의 셰프님들이 각자 자신 있는 요리의 한 가지씩 준비해 오셨는데요, 일단 준비해 오신 요리가 무엇인지 한번 확인해 볼까요?"

정민의 말이 끝나자마자 그들의 뒤쪽 화면에 네 명의 셰프가 만들 요리들 이름이 공개되었다.

궁중요리사 양혜석은 월과채, 일식요리사 김민기는 새우튀김과 새우스시, 배승진은 게살달걀구이, 호검은 거품만두.

"음, 김민기 셰프님의 요리는 뭔지 딱 알겠는데요, 나머지 분들의 요리는 정확히 뭔지 감이 잘 안 오네요. 설명을 부탁드려도 될까요? 먼저 양혜석 명장님?"

"오호호. 월과채는 대표적인 궁중 음식 중 하나예요. 여름철에 음식이 상하기 쉬우니까 잡채 대신 해 먹었다고 해요. 월과채는 애호박이 주재료고, 소고기, 표고버섯 등을 넣어 만드는데요, 잡채와 다른 점은 당면 대신에 찹쌀 지짐이를 넣는다는 점이에요. 그리고, 사실 '월과'라는 이름의 참외 비슷한 채소가 주재료였는데 요즘은 월과를 구하기 어려우니 애호박을 쓰는 거랍니다."

양혜석은 궁중 요리 명장답게 요리에 대한 배경까지 술술 설명을 했다.

"오, 그렇군요! 찹쌀 지짐이를 넣은 잡채라니 기대가 됩니다!"

"찹쌀 지짐이 덕분에 쫄깃한 식감이 더해져서 아주 맛있을 거예요. 기대해도 좋습니다. 오호호호."

"그럼, 게살달걀구이는 뭔가요, 배 셰프님? 게살을 넣은 계란프라이 같은 걸까요?"

"요건 말이죠, 킹크랩의 살을 발라서 계란과 섞고 그 위에 크림 같은 소스를 얹어서 오븐에 구워내는, 그라탕 비슷한 요리입니다. 이건 토스트 같은 것과 곁들여 먹으면 아침 식사로 아주 그만입니다. 부드럽고 소화가 잘되거든요."

"아하, 그라탕 같은 요리군요! 빵에 얹어 먹으면 스크램블드 에그를 얹어 먹는 것 같은 느낌이겠어요."

"네, 바로 그겁니다! 하하."

정민은 역시 요리에 대해 아는 것이 많아서 능수능란하게 진행을 했다.

"자, 그럼 마지막으로 강호검 셰프님! 거품만두라… 전 처음 들어보는데요. 원래 있던 중국 요리인가요?"

"제가 개발한 요리예요."

"오, 역시 그렇군요!"

정민이 감탄하며 말하자, 방청석에서도 '와' 하는 소리가 터져 나왔다.

"네. 제가 다른 요리를 만들다가 문득 아이디어가 떠올라서 개발하게 되었어요. 거품만두란 건 만두피를 거품으로 만들기 때문에 붙인 이름이구요."

"아니, 거품으로 어떻게 만두피를 만들죠? 도저히 이해가 안 가는데요. 도대체 만두피 재료가 뭔가요?"

"그건……."

호검이 말끝을 흐리며 뜸을 들이자, 방청객들과 정민은 궁금하다는 듯이 숨을 죽이고 호검의 다음 말을 기다렸다. 잠시 말을 멈췄던 호검은 빙긋 웃더니 입을 열었다.

"비밀입니다. 이따가 직접 요리를 만들 때 확인하세요! 하하."

"와, 강 셰프님 방송이 많이 느셨는데요? 시청자 여러분, 거품 만두가 궁금하시다면, 채널 고정! 아시죠?"

정민이 엄지를 척 들며 호검을 칭찬했다. 그때 김민기가 불쑥 손을 들더니 말했다.

"아, 저도 뭔가 이름을 더 특이하게 지어올 걸 그랬나 봐요. 지금이라도 이름 바꿔도 될까요?"

"오, 뭘로 바꾸시려고요?"

"눈꽃튀김이요."

"아, 그거 좋은데요?"

정민이 이렇게 말하며 김 피디를 쳐다보았다. 그러자 김 피디는 '컷' 사인을 하더니 정민과 민기에게 다가왔다.

"김 셰프님, 그 이름이 더 좋네요! 정민 씨, 뒤에 화면에는 이름 눈꽃튀김으로 바꿔놓을 테니까 원래 요리 이름이 눈꽃튀김이었던 것처럼 다시 김 셰프님 인터뷰 들어가요."

"네, 알겠어요."

다시 녹화가 시작되자, 정민은 민기에게 물었다.

"김민기 셰프님, 새우스시는 알겠는데, 눈꽃튀김은 뭔가요?"

"하하하. 말 그대로 눈꽃이 핀 것 같은 튀김입니다. 이건 만들면서 보여 드려야 이해가 쉬워요. 이따가 눈꽃 튀김 기대해 주세요!"

김민기는 아예 카메라를 똑바로 쳐다보면서 정민 대신 시청자에게 말했다.

"좋습니다! 오늘 모신 셰프님들은 다들 방송에 능숙하시네요. 하하하. 그럼 이제 서로 누구의 요리를 배워보게 될지 제비를 뽑아볼까요?"

정민은 스텝으로부터 작은 통 하나를 건네받았다. 김 피디는 뭔가 고민하는 듯 팔짱을 끼고 정민과 셰프들을 쳐다보고 있었다.

'김 피디님 왜 저러시지?'

호검은 지금까지 녹화에 별문제는 없는 것 같은데 김 피디의 표정이 좋지 않자 이상하게 생각했다.

"자, 여기 탁구공이 4개 들어 있습니다. 같은 색을 뽑으시면 짝이 되어 서로의 요리를……."

정민이 설명을 하고 있는데, 갑자기 김 피디가 다시 외쳤다.

"컷! 정민 씨, 잠깐만!"

정민이 의아한 눈빛으로 김 피디를 쳐다보았고, 김 피디는 세트로 올라와 셰프들에게 양해를 구했다.

"셰프님들, 이번 촬영은 두 분씩 짝지어서 서로 요리를 배우는 걸로 알고 계시죠?"

"네, 아닌가요?"

양혜석을 비롯한 나머지 세 명이 김 피디에게 되물었다.

"아, 원래는 그래요. 근데 아까 녹화 전에 작가들과 상의를 해봤는데, 이왕 다 오신 김에 한 명씩 돌아가면서 요리를 가르쳐 주고, 나머지 세 분이 다 요리를 배우는 걸로 하는 게 어떨까 싶은데……."

김 피디가 가장 연장자인 양혜석의 눈치를 보며 말했다.

사실 아까 녹화 전에 작가들이 김 피디를 불러 이 이야기를 상의했었는데, 김 피디가 결정을 못 해서 우선 그대로 녹화를 시작했다.

그런데 김 피디가 보니 네 명의 셰프가 말도 잘하고 요리들도 꽤 흥미로워서 다 함께 요리를 배우는 게 더 재밌을 것 같다는 판단이 섰던 것이다.

김 피디는 얼른 배승진과 호검에게 먼저 물었다.

"배 셰프, 강 셰프는 어때요?"

"전 상관없습니다."

"저도요."

배승진과 호검은 당연히 별 상관이 없었다. 그들은 다른 두 명이 요리 선배니까 혹시 잘 못 따라 해도 별 부담이 없었다. 게다가 김 피디가 그렇게 하자는데 반대할 만한 짬밥도 되지 않았고.

김 피디는 일부러 승진과 호검에게 먼저 물어본 것이었다. 두 명이 이미 찬성을 했으니 나머지 두 명은 결정하는 데 약간 압박을 받을 수밖에 없을 테니까.

김 피디가 이제 양혜석과 김민기에게 물었다.

"명장님, 괜찮으실까요?"

"흠……."

"김 셰프님은요?"

"저야 뭐. 명장님이 괜찮으시면 괜찮습니다."

김민기는 양혜석에게 결정권을 넘겼다.

"아, 그럼 명장님 결정이 이 녹화의 향방을 결정하겠군요. 명장님, 양해 좀 해주세요. 제가 네 분 셰프님들을 보니까 다들 방송 감각도 있으시고 해서 말씀드리는 거예요. 아, 그리고 원래 이게 2주분인데, 단체로 배우는 식으로 하면 2주 방송분에 계속 나오시는 거예요. 두 분씩 짝을 지어서 녹화를 하면 1주만 나오게 되고요."

"아, 그래요? 명장님, 그럼 그렇게 하시죠. 네?"

김민기는 방송에 얼굴을 더 비출 수 있다는 것이 마음에 든 모양이었다. 하지만 양혜석은 자신이 다른 요리들을 잘 못 따라 할까 봐 염려가 되어 조금 망설였다.

"명장님이 다른 요리를 잘 못 따라 하실까 봐 망설이는 건 아니실 거고… 아, 어린 셰프들한테 배우는 게 좀 그러신가……? 그냥 재미로 배운다고 생각하시면 되는데, 안 될까요?"

김 피디는 노련하게 양혜석을 구슬렸다.

양혜석 입장에서는, 다른 사람들이 다들 찬성했는데 여기서 싫다고 해버리면 쪼잔해 보이거나, 다른 요리를 잘 못 할까 봐 겁을 내는 것 같아 보일 수도 있었다.

그녀는 하는 수 없이 흔쾌히 승낙하는 것처럼 말했다.

“좋습니다. 요리에 무슨 위아래가 있겠어요. 그리고 요리는 워낙 방대해서 분야가 다르면 잘 모를 수도 있고, 그럼 또 서로 가르쳐 주고 하는 거죠. 오호호.”

“감사합니다, 명장님!”

김 피디는 양혜석에게 활짝 웃으며 감사 인사를 전한 뒤 곧바로 스텝들에게 외쳤다.

“자, 그럼 여기 조리대에 세팅 다시 해! 30분 후에 녹화 다시 갈게요.”

스텝들은 분주하게 움직이기 시작했고, 김 피디는 정민에게 설명했다.

“정민 씨는 진행만 맡고, 요리는 하지 말아요. 여기 셰프님들 요리하는 모습 보면서 포인트 잘 잡아서 질문도 하고, 단순 작업은 좀 도와주기도 하고. 오케이?”

“네.”

정민은 알겠다는 듯 고개를 끄덕였다.

스텝들이 조리대에 추가로 1명이 더 요리를 할 수 있도록 자리를 만드는 동안, 김민기는 양혜석에게 가서 얼른 그녀가 준비한 요리에 대해 물었다.

“명장님, 월과채에서 그 찹쌀 지짐이인가 그건 어떻게 만드는 거예요?”

양혜석과 김민기는 친분이 있는 사이니 이 둘이 짝이 되게 할 가능성은 거의 없다고 생각해서 서로의 요리를 만드는 방법을 자세히 묻지는 않았었다. 그런데 이제는 서로의 요리도 배우게 될 테니 미리 기본 정보를 알아두려는 것이었다.

"지짐이는 만들기 쉬워. 근데, 눈꽃튀김은 뭐야? 그거부터 좀 설명해 봐."

양혜석과 김민기는 서로의 요리에 대해 설명을 해주며 미리 예습을 했다.

그사이 배승진은 유정민과 개그 코드가 맞는지 둘이 웃고 떠들고 있었고, 호검은 학수와 대화 중이었다.

"오히려 잘됐어. 우리 호검이는 못 만드는 요리가 없잖아?"

"아휴, 그건 아니에요. 스승님도 참. 흐흐."

"아니긴! 내가 우리 제자 능력을 알지. 하하."

학수는 걱정은커녕 호검의 실력을 더 돋보이게 할 수 있을 거라며 좋아했다. 그러다 갑자기 호검에게 물었다.

"근데 너 새우초밥은 만들어봤어?"

"네, 그럼요."

학수는 다른 셰프들보다도 김민기가 가장 신경이 쓰였다. 괜히 조금이라도 잘 못 따라 하면 무시하는 발언을 서슴지 않을 것 같았기 때문이다.

"마침 일식도 배우고 있으니 잘됐어. 그럼 눈꽃튀김도 알아?"

학수는 호검이 일식을 배우고 있다는 사실은 비밀이라 호검의 귓가에 속삭이듯 물었다.

* * *

“그거 아마 일본식 튀김 말하는 걸걸요? 겉에 튀김옷을 꽃처럼 입혀서 튀기는 거요.”

“아, 그거 말하는 거 맞는 것 같다! 그럼 만들어는 봤어?”

“네. 몇 번 만들어봤어요.”

“오, 잘됐다! 그럼 월과채랑 게살달걀구이는?”

“그건 안 만들어봤어요. 그래도 잘 만들 수 있어요!”

호검은 자신 있게 대답했다.

“그럼, 그럼. 네 능력은 내가 알지! 이번 기회에 네가 모든 요리를 다 잘한다는 걸 보여줘. 파이팅!”

학수는 호검의 어깨를 토닥이며 활짝 웃었다.

잠시 후, 다시 녹화가 시작되었다.

“자, 그럼 누가 먼저 요리를 가르쳐 주실 건지 제비뽑기를 해볼까요?”

네 명의 셰프는 순번이 적힌 제비를 뽑았고, 배승진이 1번, 양혜석이 2번, 김민기가 3번, 그리고 호검은 마지막 순서가 되었다.

배승진은 세트의 왼편에 있는 단독 조리대로 이동했고, 세트의 가운데에는 나머지 세 명의 셰프가 나란히 섰다. 사회를 보는 정민은 그 사이에 서서 진행을 시작했다.

"첫 번째로 배승진 셰프님의 양식 요리, 게살달걀구이를 배워볼까요?"

"안녕하세요, 배승진입니다. 오늘 제가 준비한 요리는 게살달걀구이인데요. 부드러운 달걀에 쫄깃한 게살이 들어가서 식감이 좋습니다. 게다가 살짝 매콤하면서도 상큼한 맛을 내는 홀스래디시를 넣은 소스와 조화를 이뤄 둘이 먹다 하나 죽어도 모르는 요리가 된답니다. 하하하."

배승진은 기대치를 한껏 높이며 요리를 시작했다.

그는 먼저 냉동 킹크랩을 한번 김이 오른 찜통에 5분 정도 데워주고, 게살을 바르기 시작했다.

다른 세 명의 셰프도 그를 따라 능숙하게 게살을 잘 발라냈다.

배승진은 게살을 바르면서 쉴 새 없이 정민과 서로 만담을 하듯 말을 주고받았다.

"아, 이 킹크랩이 말이죠. 엄청 비쌉니다. 너무 비싸시면 대게를 사서 살을 발라 사용하셔도 되고요, 아니면 꽃게 같은 거 쪄서 살만 발라서 사용하셔도 돼요. 정 귀찮으시면 그냥 시중의 게맛살을……. 하하하."

"대안이 많네요. 킹크랩이 없으면 대게를, 대게가 없으면 꽃게를, 꽃게가 없으면 게맛살이라도. 이 말씀이시죠?"

"네, 아주 정리를 잘하시네요. 달걀도, 달걀이 없으면 메추리알이나 오리알 이런 거 쓰셔도 됩니다. 하하하."

"타조알은 어떤가요?"

"있으면 쓰셔도 되는데, 그럼 이렇게 작은 오븐 그릇 말고 거의 파스타 담는 오븐 그릇 정도 크기는 되어야 할 거예요."

승진은 손바닥만 한 오븐용 그릇을 들어 보이며 말했다.

김 피디는 승진의 입담이 마음에 드는 듯 잘하고 있다는 사인을 보냈다.

"자, 이렇게 레몬즙과 후춧가루를 뿌려서 비린내를 제거해 주시고요. 이제 거의 다 되었어요. 소스만 만들면 됩니다."

"아니, 벌써요? 정말 간단한 요리네요!"

"제가 아침 식사용으로 딱이라고 했잖아요. 아침에 시간이 없으니 미리 게살만 준비해 두었다가 소스만 만들어서 후다닥 오븐에 익혀주기만 하면 되는 거죠! 하하."

"게살 바르는 시간이 전체 요리 시간의 절반 이상이겠는데요, 이거?"

"그렇죠? 자, 그럼 홀스래디시, 마요네즈, 생크림, 소금, 후춧가루를 넣고 잘 섞어주세요."

"아, 다른 셰프님들은 홀스래디시 다들 아시나요?"

정민의 질문에 소스를 섞고 있던 양혜석이 먼저 대답했다.

"우리 때는 그런 거 수입해 들어오지도 않아서 난 잘 몰라요. 오호호. 지금 맛봤네요."

"이거 맛이 약간 와사비에 마요네즈를 조금 섞은 맛이랑 비슷해요."

김민기는 어떤 맛인지 시청자들이 알기 쉽도록 와사비에 비유해 말했고, 호검은 거기에 덧붙여 설명했다.

"홀스래디시는 서양의 고추냉이라고 이해하시면 될 거예요. 이게 없으신 분들은 겨자나 고추냉이를 조금 넣으셔도 될 것 같아요."

호검의 말에 정민이 승진에게 확인을 했다.

"오, 강 셰프님 말씀이 맞나요, 배 셰프님?"

"네, 맞습니다. 강 셰프님은 중식만 잘하시는 게 아니라 양식도 잘 아시나 봐요!"

"아니에요, 잘은 아니고, 그냥 조금 아는 정도예요."

배승진이 호검을 띄워주자, 호검은 겸손하게 답했다.

"아무래도 젊으니까 양식을 더 많이 접할 수 있었겠죠. 난 한 우물을 열심히 파느라 잘 몰랐네요. 하하하."

김민기는 호검이 주목받는 것이 불만인지 그리 놀라운 일은 아니라는 듯 말했다. 그러자 호검은 미소를 지으며 그의 말에 동의해 주었다.

"김 셰프님 말씀이 맞습니다. 요리라는 게 워낙 방대해서 모든 요리와 모든 재료를 다 알 수는 없죠. 그래서 끊임없이 배워야 하는 게 요리인 것 같아요."

"끊임없이 배우려고 노력하는 셰프님들 아주 멋지시네요!"

두 사람의 말을 정민이 잘 마무리한 뒤 배승진은 계속해서 게살달걀구이 요리를 이어갔다.

"자, 이제 이 그릇에 게살을 먼저 깔고 그 위에 달걀을 깨 넣은 다음 맨 위에 이 소스를 듬뿍 얹어주세요. 마지막으로 갈아놓은 파르미지아노 치즈를 뿌려주시고 오븐에 넣어주시면 끝입니다! 10분 정도만 기다려 주시면 짜잔 하고 게살달걀구이가 완성되어 나올 겁니다."

승진의 게살달걀구이는 정말 간단한 요리였다. 승진은 게살달걀구이가 완성되는 동안 함께 곁들여 먹을 식빵 몇 개를 구웠다.

10분 후, 셰프들은 각자가 만든 게살달걀구이를 소스와 아래 달걀, 게살을 잘 섞어서 맛을 보았다. 정민은 각 셰프들이 만든 게살달걀구이를 맛보며 다녔다.

"음, 이거 부드럽고 맛있네요. 홀스래디시가 자칫 느끼할 수 있는 생크림 맛을 잡아주고, 게살이 짭짤해서 간도 맞고요! 명장님은 이런 서양 요리 드셔보셨어요?"

"그라탕 같은 느낌이네요. 근데 톡 쏘는 맛이 있어서 덜 느끼하고 좋아요. 치아가 안 좋으신 어른들도 드시기 좋고, 괜찮네요."

옆에 있던 김민기도 자신의 분량을 챙기기 위해 한마디 했다.

"특별히 어려운 과정이 없어서 누구나 만들기 쉬운 요리네요."

그때, 맛을 보던 호검이 의견을 내놓았다.

"이거 지금도 맛있지만, 바질 같은 허브를 좀 뿌려 먹으면 더 맛있을 것 같아요."

"와, 강 셰프님은 요리를 보면 응용법이 바로바로 생각나시나 봐요! 게다가 이 요리는 강 셰프님 전문 분야도 아닌데 말이에요."

정민이 놀라워하며 호검을 칭찬했다.

"오, 바질! 좋은 생각이네요. 여러분, 파스타 만들다가 남은 바질 있으시면 위에 뿌려서 드셔보세요. 하하하."

승진은 호검의 말을 그대로 수용하며 시청자에게 바로 알려주는 멘트를 했다.

"아이, 배 셰프님, 그런 멘트는 제가 해야 하는데. 저번보다 방송 실력이 더 느신 것 같아요. 하하하."

"아, 자제하겠습니다."

배승진이 웃으며 장난스럽게 정민의 말을 받았다.

"아니에요. 농담이었어요. 마음껏 실력을 펼치세요! 자, 아무튼, 아침 식사로 게살달걀구이를 맛보았으니까, 이제 그럼 점심으로 월과채를 만들어볼까요?"

"컷!"

김 피디가 정민의 멘트가 끝나자마자 큰 소리로 외쳤다.

"아주 좋았어요! 배 셰프님 입담도 좋고, 강 셰프님 정보도 좋고. 조합이 아주 좋은데요? 다른 분들도 계속 이렇게만 하시면 될 것 같아요. 정리하고 10분 뒤에 바로 다음 요리 들어가죠!"

게살달걀구이는 비록 요리 시간은 짧았지만 배 셰프의 입담으로 적당한 분량이 나와서 김 피디는 흡족해했다.

다음으로 양혜석 명장의 월과채 요리 수업이 시작되었다.

김민기는 미리 양혜석에게 월과채 만드는 법을 알아둔 터라 능숙한 모습을 보여주려고 벼르고 있었다.

양혜석은 연신 '오호호' 하고 웃으며 월과채를 만들었다. 월과채는 찹쌀을 익반죽해서 구워내는 찹쌀지짐이를 따로 만들어야 해서 약간 시간이 오래 걸리는 요리였다. 또한 애호박이나 소고기 등을 각각 양념해서 따로 볶아야 했다.

"애호박은 이렇게 길이로 반을 잘라 속 부분은 파내고, 눈썹 모양으로 5밀리 두께로 썰어주세요. 아휴, 요 애호박 색이 참 이쁘죠? 오호호. 이건 소금에 절인 다음 볶아줄 거예요."

양혜석은 애호박을 소금에 절여둔 다음 찹쌀지짐이부터 만들었다.

"찹쌀지짐이를 완전히 식혀서 잘라야 안 들러붙거든요. 그래서 이것부터 해놓는 게 좋아요. 아, 느타리버섯 데칠 물도 지금 얹어둘까요?"

"제가 할게요. 오늘 깍두기 역할입니다, 제가. 하하하."

정민이 얼른 냄비에 물을 받으며 말했다. 나머지 세 명의 셰프들은 양혜석이 하는 걸 따라 하느라 바빴다.

"이거 손이 참 많이 가네요. 재료들 각각을 다르게 준비해야 하기도 하고요."

배승진은 한식에 비하면 서양 요리는 쉬운 편이라면서 한식은 정성이 많이 들어가는 것 같다고 양혜석을 치켜세웠다.

"오호호. 그래도 여기 건표고는 이미 불려놨네요. 손 하나 덜었어요."

양혜석이 찹쌀지짐이를 부치면서 건표고를 왼손으로 가리켰다. 그러자 정민이 물었다.

"아, 생표고버섯을 쓰면 안 되나요?"

"물론 되긴 하는데, 표고는 말리면 건강에 좋은 성분, 그러니까 비타민 D 같은 거 말이에요. 그런 것도 더 많아지고, 향도 강해져서 건표고가 요리했을 때 더 맛있어요. 향도 좋고요."

"써도 되는데, 건표고가 건강에도 더 좋고, 더 맛있답니다, 여러분!"

정민은 중간중간 시청자들이 궁금해할 만한 것들을 알아서 잘 질문했다. 양혜석은 찹쌀지짐이를 다 완성해서 식도록 둔 다음 소고기를 양념했다.

"소고기는 양념을 해뒀다가 볶아야 하는데요, 우리 불고기 양념하는 거랑 비슷해요. 이 양념으로 표고도 같이 양념하시면 되구요. 참, 쉽죠? 오호호."

"네? 쉽다고요? 하하하. 명장님은 궁중 요리만 잘하시는 게 아니라 농담도 잘하셔!"

정민이 말도 안 된다는 듯이 양혜석의 말을 개그로 받았다.

각각의 재료들을 볶은 다음 채 썬 찹쌀지짐이와 섞어주고 소금으로 간을 했다. 그리고 마지막으로 위에 포슬포슬한 잣가루를 뿌려주니 맛있는 월과채가 완성되었다.

"와, 이거 연둣빛 애호박에, 갈색 표고버섯, 붉은빛 실고추, 하얀 찹쌀지짐이까지, 색 조화가 끝내주네요. 맛있겠어요, 정말. 그럼 시식을 해볼까요?"

정민은 입맛을 다시며 젓가락을 들었다. 그는 양혜석의 월과채를 맛보고는 연신 감탄사를 내뱉다가 대뜸 그녀에게 말했다.

"아, 이번 요리는 명장님이 맛을 보시고 나머지 세 분의 셰프 중에서 가장 월과채를 잘 만든 셰프를 골라주시는 건 어떨까요?"

정민이 양혜석에게 물으면서 김 피디를 슬쩍 쳐다보았다. 정민이 그래도 되겠냐는 무언의 눈빛을 보내자, 김 피디는 활짝 웃으며 엄지와 검지를 동그랗게 만들어 오케이 사인을 보내고는 곧이어 잘했다는 뜻으로 엄지를 치켜들었다.

"그럴까요? 어디……."

양혜석은 고고한 발걸음으로 천천히 나머지 셰프들에게 다가갔다.

"일단 모양은 다들 합격점이네요. 예쁘게 잘 만들었어요. 오호호. 역시 셰프들이라서 그런지 잘 만들었네……."

양혜석은 만족스러운 표정을 지으며 가장 먼저 배승진의 월과채를 시식했다. 그녀는 애호박과 쇠고기, 찹쌀지짐이, 표고를 한입에 넣고 오물오물 씹었다.

그러더니 곧 다시 애호박 하나를 집어 살짝 뒤집어 보았다. 그녀가 집어 든 애호박의 뒷면은 조금 타서 군데군데 진한 갈색빛이 돌고 있었다.

"아까 내가 애호박을 센 불에 재빨리 볶아내야 아삭거린다고 해서 살짝 태웠네? 불맛이 나네, 불맛이. 오호호."

배승진은 사실 채소 볶기에 좀 약했다. 그래서 월과채의 경우 애호박이 갈색빛이 돌면 안 되는데, 양식에서는 보통 갈색이 나게 구워주는 식이 많아서 애호박이 좀 타게 구워졌던 것이다.

"아하하. 제 건 불맛 좋아하시는 분들이 좋아하지 않을까요? 아! 우리 강 셰프님이 불맛이 중요한 중식 요리사니까 제 걸 좋아하실 듯?"

배승진은 능글맞게 웃으며 호검을 쳐다보았고, 호검은 고개를 끄덕여 주었다. 다음 차례는 김민기의 월과채였다. 그는 의

기양양하게 말했다.

"드셔보세요, 명장님. 명장님의 가르침 그대로 요리한 월과채입니다."

양혜석은 김민기의 월과채를 한 젓가락 가득 떠서 입으로 가져갔다. 그리고 천천히 맛을 보더니 말문을 열었다.

"간간하네. 김 셰프 건 간간한 게 나아."

"맛있으시다는 말씀이신가요?"

정민이 양혜석의 말뜻이 무엇인지 잘 모르겠다는 듯 되물었다. 김민기도 눈을 크게 뜨고 혜석을 쳐다보았다.

*　　*　　*

"음, 난 원래 간을 세게 먹는 사람은 아닌데, 김 셰프의 월과채는 간간해서 더 낫다는 말이에요. 왜냐면……."

양혜석은 슬쩍 민기의 눈치를 보더니 이어 말했다.

"기름이 좀 많이 들어갔는데 좀 간간하게 되어서 느끼해진 걸 잡아줬거든요."

민기는 혜석이 적당히 칭찬을 해주고 넘어가길 바랐지만, 사실 그녀의 성격을 알고 있었다. 그녀는 성격상 거짓말을 잘 못 해서 조금 부족한 부분을 적당히 포장은 해줄지언정, 완벽하지 않은 요리를 완벽하다고는 말하지 못했다. 그래서 짜다고는 하지 않고, 간간하다고 한 것이고, 또 그것이 느끼함을 잡아준다고 좋은 해석을 해준 것이다.

그래도 민기는 그 정도에 성이 차지 않는지 아예 대놓고 혜석에게 물었다.

"아, 그래도 맛은 있죠?"

"응. 맛은 있어요."

"그럼 됐죠. 하하하. 음식은 맛이 있으면 된 거잖아요?"

민기는 능글능글한 미소를 지으며 말했다.

그때, 옆에 있던 정민이 민기의 월과채 맛이 궁금한지 얼른 민기의 월과채를 한 젓가락 먹어보았다. 그리고 곧 눈을 크게 부릅뜨며 말했다.

"오, 전 좀 짜게 먹는 편이라서 그런지 제 입맛에 딱이네요. 그럼 이제 강 셰프님 월과채 맛을 볼까요?"

양혜석이 호검에게 다가가 그의 월과채를 보더니 만족스럽게 고개를 끄덕이고는 맛을 보았다. 크게 한 젓가락을 집어 입에 넣은 그녀는 몇 번 씹어보더니 환하게 웃으며 호검을 쳐다보았다.

"어머, 어린데도 손맛 있는 편인가 부다. 그런 소리 안 들어요?"

"아, 감사합니다. 가끔 듣긴 해요."

"오호호, 그쵸? 간도 딱 맞고, 애호박도 적당히 익어서 식감이 살아 있고, 담백하고……. 아주 잘 만들었네요.”

“어디, 저도…….”

정민은 얼른 호검의 월과채 맛을 보았다.

“오와, 이것도 맛있네요! 강 셰프님 게 명장님 거랑 제일 맛이 비슷해요! 그쵸, 명장님?”

정민의 말에 양혜석이 고개를 끄덕였다.

그러자 김민기도 살짝 미간을 찌푸리면서 다가와 호검의 월과채를 맛보았다.

‘뭐, 얼마나 맛있다고 저런대…….’

김민기는 호검의 월과채를 맛보더니 살짝 놀라는 표정을 지었다가 얼른 다시 이전 표정으로 돌아왔다.

‘잰 정말 정체가 뭐야? 아까는 양식도 좀 아는 것 같더니, 이것도 잘 만들고, 근데 중식 요리사고……. 설마 내 눈꽃튀김도 잘 만들진 않겠지?’

김민기는 숨겨두었던 날카로운 눈매를 드러내며 호검을 잠시 째려보았고, 티가 나지 않을 정도로 입을 삐죽댔다.

김민기는 일부러 방송에서 서글서글해 보이려고 눈에 힘을 주지 않고 최대한 부드럽게 눈웃음을 치고 있었는데, 사실 원래는 굉장히 날카로운 눈빛을 가진 까칠한 성격의 소유자였다.

그는 자꾸만 호검을 쳐다볼 때마다 날카로운 눈빛이 나오려고 해서 최대한 자제 중이었다.

반면 양혜석은 흐뭇한 표정으로 호검을 쳐다보고 있는 천학수와 호검을 번갈아 보며 생각했다.

'탐나는 애네. 아깝다…….'

그때, 정민이 질문을 던졌다.

"명장님, 근데 이거 집에서 찹쌀지짐이까지 부쳐서 월과채를 만들려면 여간 손이 많이 가는 게 아니잖아요? 찹쌀지짐이 대신으로 넣을 만한 건 뭐가 있을까요?"

"궁중 요리는요, 궁중에서 왕에게 정성을 다해 대접하던 요리예요. 손이 많이 간다고 더 쉬운 걸로 만들고 그러면 안 되는 거예요. 요건 딱 이렇게 만들어야 맛있답니다."

양혜석은 거짓말도 잘 못 하지만, 고지식해서 배운 그대로만 만들어야 한다는 원칙주의자였다. 원칙주의는 그녀를 궁중 요리 명장이 될 수 있게 했다.

그러나 그녀는 창작 요리나 퓨전 요리 쪽에는 관심이 별로 없었고, 때문에 궁중 요리 외에 다른 분야의 요리는 그리 잘 하지 못했다.

"아하하. 그래도 시간이 별로 없는 분들을 위해서 뭐 비슷한 거라도……."

"음……."

양혜석이 뜸을 들이고 있자, 호검이 나섰다.

"조랭이 떡 같은 건 어떨까요, 명장님?"

"오호호. 쫄깃한 식감이 괜찮겠네!"

양혜석은 호검의 의견에 활짝 웃으며 고개를 끄덕였다. 그러자 호검은 더 자세히 요리법을 설명했다.

"그럼, 시중에 나온 조랭이 떡을 끓는 물에 데쳐서 건진 다음, 참기름과 간장을 발라서 나머지 재료들과 섞으면 될 것 같습니다. 그러면 다른 재료들과 조화도 잘될 것 같고요."

"와, 강 셰프님, 응용력이 대단하시네요. 그런 게 바로바로 생각이 나시나요?"

"그러게요. 오호호호. 젊어서 그런가, 머리가 좋은가? 아무튼 아주 재능이 있어요."

양혜석은 호검이 굉장히 마음에 든 듯했다. 김민기는 녹화가 호검을 중심으로 돌아가는 것 같아 못마땅했지만, 호검의 실력을 인정하지 않을 수 없었다.

'그래, 아무리 그래도 스시는 달라. 일본식 튀김도 일반적이진 않으니까, 만들기 어려울 거야.'

김민기는 방송 출연을 자주 한 게 아니라서 그다지 유명하진 않았다. 그래서 이번 기회에 방송 쪽으로 진출을 해볼 요량으로 양혜석에게 부탁해서 〈셰프의 비법〉에 출연하게 된 것이었다. 〈셰프의 비법〉은 시청률도 잘 나오고 꽤 인기가 있었기에 그는 여기서 주목을 받아 다른 요리 프로그램에도 진출할 생각이었다. 그런데 지금 스포트라이트를 호검이 다 받고 있으니 영 기분이 좋지 않았다.

김민기는 자신이 요리를 할 차례가 되자, 최대한 능숙해 보이도록 자연스럽고 빠르게 재료를 준비해 나갔다.

"자, 먼저 새우스시부터 만들어볼게요. 삶을 때 등이 구부러지지 않도록 배 쪽에 이렇게 이쑤시개를 꽂아서 삶아야 해요."

김민기는 새우의 배 쪽에 기다란 이쑤시개를 쓱쓱 꽂아 넣고 끓는 물에 새우를 데쳤다.

그리고 끓는 물에서 새우를 꺼내자마자 곧바로 준비해 둔 얼음물에 새우를 담가서 열기를 식힌 후, 배 쪽을 갈라 펼쳐진 새우를 만들었다.

"자, 여기 새우를 펼치면 가운데 등 쪽에 내장이 보이실 거예요. 그걸 제거해 주세요."

김민기는 요리 시범을 보이면서 호검을 가장 주시했는데, 호검은 마치 어떻게 만드는지 다 아는 양 너무도 능숙하게 새우스시에 쓰일 새우를 만들어내고 있었다.

'아, 뭐야, 진짜. 왜 저렇게 잘해?'

김민기는 이어서 와사비를 새우의 안쪽 면에 조금 바르고 배합초로 버무린 밥을 동그랗게 쥐어 새우스시를 만들어냈다.

"자, 이렇게 적당한 양의 밥을 손으로 쥐어서 새우 안쪽에 놓고 이렇게 쥐어서 만들면 완성입니다."

그는 일부러 잘 가르쳐 주는 듯하면서도 굉장히 빨리 새우를 이리저리 돌리면서 스시를 만들었다.

이건 다른 사람들이 잘 따라 하지 못하도록 하려는 의도였다.

결국 양혜석과 배승진은 능숙하지 못해서 스시를 대충 밥 위에 새우를 얹은 것처럼 만들었다.

"이렇게 하는 거 맞는지 모르겠네……."

양혜석이 중얼거리는 말을 들은 김민기는 얼른 괜찮다면서 말했다.

"스시를 예쁜 모양으로 잘 만드는 건 오랜 시간이 필요해요. 일단 그 정도로 만드셨으면 된 겁니다."

그런데 그때, 호검 곁으로 다가간 정민이 갑자기 감탄을 하는 소리가 들렸다.

"와아! 이거 예사 솜씨가 아닌데요? 어디서 밥 좀 쥐어보셨어요?"

당연히 호검은 지금 일식을 배우고 있으니 새우스시를 좀 만들어봤다. 게다가 그는 밥 쥐는 법도, 부채꼴 모양의 곡선으로 스시의 형태를 잡을 줄도 알았다.

"아, 제가 다양한 요리에 관심이 많아서요."

호검은 적당히 말을 둘러댔고, 민기는 얼른 호검이 새우스시를 만드는 모습을 쳐다보았다.

호검은 능수능란하게 새우를 돌려가며 검지와 중지를 이용해 스시의 형태까지 완벽하게 만·들어내고 있었다.

'끄응. 그래, 밥알은 좀 쥐어봤을 수도 있지. 하지만 일식 튀김은 쉽지 않을걸?'

김민기는 얼른 비장의 무기인 눈꽃튀김을 빨리 진행했다.

"자, 눈꽃튀김 들어갈게요! 새우로 눈꽃튀김 만들 건데요."

"아, 드디어 눈꽃튀김을 볼 수 있겠군요!"

정민은 궁금하다면서 다시 김민기 옆으로 왔다.

"눈꽃튀김은 이렇게 얼음물과 박력분, 계란으로 만든 반죽물을 손에 묻혀서 먼저 기름에 파바박 흩어 뿌려요. 그다음에 곧바로 튀길 재료를 넣어서 그 겉에 이 작은 튀김 알갱이들이 붙게 만드는 거예요. 재료를 넣은 다음에도 그 위에 반죽물을 뿌리고요. 그러면 마치 눈꽃이 핀 것처럼 바삭한 튀김옷이 완성된 튀김에 입혀져 있게 되죠."

"아하! 눈꽃이 핀 것 같다고 눈꽃튀김이군요."

"맞습니다. 하하하. 그런데 튀김 중에서도 이 새우는 스시와 마찬가지로 등이 굽으면 안 되기 때문에 새우 배 쪽 마디마디에 칼집을 여러 개 넣어서 등을 펴줄 거예요. 그리고 튀길 때도 꼬리를 잡고 기름 위에서 흔들면서 넣어줘야 모양이 잘 살아 있을 수 있답니다."

김민기는 요리하기에 앞서 전체적인 설명을 술술 하더니 배 쪽에 칼집을 넣은 새우에 소금, 후추로 간을 했다. 그리고 밀가루를 입힌 다음 튀김 반죽물을 기름에 흩뿌렸다.

"아아, 좀 천천히 해주세요!"

김민기의 손이 빨리 움직이자, 따라 하던 배승진이 그 속도를 따라가지 못하고 말했다.

"허허허. 엇! 그런데 여기 반죽물을 흩뿌린 이상 빨리할 수밖에 없어요. 이따 다시 보여 드릴게요. 일단 제가 하는 거 보세요."

김민기는 호검도 지금 못 따라오고 있는지 슬쩍 그를 쳐다보았다. 그러자 호검이 말했다.

"어? 얼른 새우 넣어야 하는 거 아닌가요?"

"아, 그럼요! 지금 넣어야죠."

김민기는 새우를 얼른 흔들면서 넣어주었고, 그 위에 반죽물을 또 흩뿌렸다.

치이익 소리를 내면서 반죽물은 튀겨졌고, 맛있는 새우튀김 냄새가 퍼져 나갔다.

"고소한 냄새가 식욕을 막 자극하네요! 얼른 먹고 싶어요!"

정민이 기대하며 튀김을 구경했다. 곧 새우튀김이 완성되었는데, 양혜석과 배승진의 새우튀김은 등이 굽거나 겉에 눈꽃이 별로 붙어 있지 않았다.

"이게 원래 좀 어려운 기술이에요. 하하. 제 거처럼 이렇게 나오기가 쉽지 않… 엇!"

"왜, 왜요? 김 셰프님?"

김민기가 뿌듯하게 자신의 접시에 담긴 새우튀김을 자랑하며 보여주는데 호검이 완성한 새우튀김이 눈에 들어왔다.

호검의 새우튀김은 김민기의 새우튀김보다 더 곧고, 눈꽃이 골고루 피어나 있었다. 색깔 또한 황금빛으로 빛났다.

'이럴 수가. 이거 아무나 못하는 건데!'

김민기는 당황해서 눈을 동그랗게 뜨고 자신의 새우튀김과 호검의 새우튀김을 번갈아 쳐다보았다.

"아이고, 이쁘게도 튀겼네!"

옆에서 호검의 새우튀김을 본 양혜석이 기특하다는 듯 호검의 등을 토닥이며 말했다.

'그래, 모양은 그럴듯해도 맛은 아닐 수 있어. 튀김은 자칫 느끼해지기 쉬우니까…….'

김민기는 마지막으로 맛에 기대를 걸었다.

하지만 다 같이 시식을 한 출연자들은 모두 호검의 새우스시와 눈꽃튀김에 엄지를 척 들었다. 물론 김민기의 스시와 튀김도 맛있었지만, 호검의 솜씨도 만만치 않았던 것이다.

김 피디는 그런 호검을 보면서 아주 크게 될 셰프라고 생각했다.

'저 강 셰프가 제2의 이선우가 되겠……. 아니야. 잘하면 이선우를 뛰어넘을 수도 있겠어.'

반면 김민기는 이제 짜증이 치밀어 올랐다. 그는 이제 표정 관리가 안 되는 상황이었는데 다행히 김 피디의 '컷' 소리가 들려왔다.

마지막 차례인 호검의 요리 재료를 준비하고 세팅하기 위한 쉬는 시간이 주어진 것이다.

호검은 학수에게 다가와 자신이 만든 새우스시와 새우튀김을 맛보여 주었다.

"오, 잘하고 있구나!"

학수는 호검이 일식을 잘 배우고 있다는 걸 이 새우스시와 새우튀김만으로도 알 수 있었다. 잠시 후 녹화가 재개되었는데, 김민기가 보이지 않았다.

"김민기 셰프님, 어디 가셨나요? 보신 분 계세요?"

『탑 레시피가 보여』 7권에 계속…